愛上甜點的條件

菓子フェスの庭

上田早夕里／著

楊明綺／譯

第一話

該死的甜點

「我討厭甜食。就算是工作，也別想我碰它一下。」

以上是武藤隆史的內心話。

蛋糕、巧克力、餅乾、冰淇淋，為什麼會有人喜歡那種甜死人的味道？像聖代之類的甜點，更讓人受不了，根本就是砂糖和奶油做的炸彈。

甜食男？什麼鬼東西！要是想吃甜的，喝咖啡加糖不就得了。每次看到一群人興奮地討論什麼卡士達醬、煉乳的，實在有夠幼稚。這些人不覺得可恥嗎？

高中時代加入籃球社的武藤，體格十分結實，本來就很有男子氣概的他，對甜點興趣缺缺也很正常。

「我很怕甜食。」別人只要聽到他這麼說，不管有什麼樣的甜點，都會自動跳過他。全班同學都知道他討厭甜食，就連情人節也不會有女生送上巧克力。

武藤連「人情巧克力」都沒拿到，他卻完全不在乎。跟女孩子來往，等於要跟甜點沾上邊。這對他來說，簡直比恐怖電影還驚悚。

不過，進入大學後沒多久，武藤在一場聯誼上，頭一次遇到討厭甜食的女生。她的個性爽朗，和嬌弱、客套等女孩常有的個性扯不上邊，還說自己不只愛吃辣，也愛大口喝酒，看來酒量不小。

她坐在武藤對面，主動向武藤搭訕。兩人先客套地聊了一些「最近食物都偏甜」、「口味很單調」的話題，還聊到「蔬菜料理也是，好想嘗嘗以前那種帶點苦味和酸味的口感」等，兩人越聊越起勁。

武藤從來沒遇到過口味這麼相近的同好，再也沒有比這更開心的了。武藤沉醉在初次邂逅「談得來的異性」的喜悅中。聯誼結束後，兩人交換手機號碼與電子郵件，相約下次休假日一起看電影、吃飯。

後來，他們一起去吃了彼此都覺得好吃的東西，也暢飲了覺得好喝的酒，還一起出遊。隨著兩人越走越近。

然而，他們還是分手了。

不是因為吵架，也不是話不投機，只能說兩人疏於聯絡、感情轉淡，戀情也就無疾而終。

每每想起兩人在一起的日子，武藤還是會不由自主地認為：我們一定是因為太相像才分手的。

兩人雖然想法、脾氣相近，相處很愉快，卻實在相像到彷彿在照鏡子一樣。可是話說回來，想要維持關係，如果沒有互補的地方，也會相看兩相厭吧？

所謂情投意合，應該不是兩個人有多相似，而是能夠包容彼此的差異吧？

這想法在武藤的心裡生根之後，他再也沒有發展過新戀情。一邊想著「找到幸福還真難啊」，武藤就這樣邁入三十歲。

武藤任職於西富百貨公司蘆屋分店的企畫部，在歷經了地下美食街、男裝賣場的歷練後，總算如願以償地進入這個部門。企畫部是百貨公司的明星部門。武藤在這裡待了六年多，雖然還沒獨力提案過，但他的夢想就是希望自己主導的企畫案能夠登上百貨公司的舞台。

沒想到，這個夢想意外成真了，只是是以武藤最不樂見的方式。

「這個案子……由我負責？」

周末，武藤在居酒屋裡，一臉詫異地問自己的主管。

坐在桌子另一頭的，是西富百貨公司蘆屋分店企畫部的鷹岡部長。他正在拔下竹串上的雞肉，慢條斯理地說：「你也想獨當一面吧，我想你應該可以獨力完成。這個案子還算輕鬆。」

「部長，你讓我負責和甜點的企畫案？這……不太對吧……」

雖然已經酒酣耳熱，對方畢竟還是頂頭上司，武藤這魯莽的回答實在不妥。更況且今晚還是部長主動邀約的。事實上，鷹岡部長這番話等於是說「這案子就交給你了」。如果換成其他人肯定是畢恭畢敬地回道：「沒問題，我一定全力以赴。」

然而，武藤的內心卻發出痛苦的怒吼：「別把這種案子塞給我啊！」

他的腦子一片混亂，拚命思考為什麼會發生這種事。

──部長應該知道我討厭甜食吧？記得我平常工作空檔或尾牙時也說過好幾次，而且他每次都同情地說：「討厭甜食？這樣很痛苦吔！」他應該不會忘記才對啊！所以是故意整我囉？難道我哪裡得罪他了嗎？

武藤戰戰兢兢地問：「那個……關於甜點的企畫案，就是請來甜點師傅，在會場擺滿甜點嗎……」

西富百貨公司在關西開了好幾家分店，每年黃金周期間都會在總店與分店舉辦以甜點為主題的活動。因為有許多京阪神的甜點名店共襄盛舉，所以每年都吸引大批人潮，尤其是女性客層。蘆屋分店當然不會錯過這項活動。

「這次不是我指名你來負責的。」鷹岡部長明白武藤心中的不安，只見他津津有味地嚼著雞肉。「其實是『西宮花園』希望由你來主辦……那邊的聯絡窗口是緒方小姐。」

阪急電鐵西宮北口車站南側有一家大型購物中心。兩年前，也就是二〇〇八年，名為「西宮花園」的店中店在此開幕。不但有直通車站的聯絡橋，地理位置與周邊環境也是一級棒。去年十二月聯絡橋增建屋頂，夜間還有ＬＥＤ照明，更添華麗氣氛。

西宮花園樓高五層，一樓到三樓進駐多家名店，頂樓則是文化會館與美容沙龍，四樓是餐飲區。

鷹岡部長說：「我們的咖啡廳不是進駐那邊的四樓嗎？」

武藤點點頭。不少餐廳與甜點店紛紛進駐西宮花園，其中一家名為「甜點宮殿」（Palais Doux）的複合式咖啡廳就是由西富百貨公司投資設立的。

「甜點宮殿」與多家西點店簽約，商品櫃裡陳列的都是甜點師傅們的得意之作。也因為集合多家名店商品，所以商品種類豐富是「甜點宮殿」的一大特色。店內空間十分寬敞，與其說是咖啡廳，更像小型餐廳。每年都由西富百貨公司蘆屋分店企畫部負責在這裡舉辦各種活動。

鷹岡部長喝了一大口啤酒後繼續說：「他們啊，想利用那裡辦一場甜點嘉年華。」

「可是甜點宮殿沒有百貨公司的活動會場那麼大。」

「只要企畫內容夠強，場地不是問題啦！那裡本來就是為了這種企畫而設計的，適合舉辦小型活動。」

「這是緒方小姐的提案嗎？」

「沒錯。本來是想她能兼顧辦活動和廠商溝通就太好了。問題出在活動時間很緊，能力再強也分身乏術。」

「我覺得由緒方小姐主導，我來從旁協助，這樣比較有效率。」

「但她非常希望這次由你負責！」

「要我負責讓女性客人滿意的企畫案，會不會有點太……」

「最近不是流行什麼『甜食男』嗎？往這方面發想也不錯啊！比如男人可以輕鬆帶女友一起享用甜食之類的主題。」

鷹岡部長看到武藤面有難色，微笑著說：「我知道你很討厭甜食啦！」

「既然如此——」

「可是呢，只要待在企畫部就會遇到各式各樣工作，難不成你遇到『自己討厭吃的東西』或是『對這方面沒興趣』的工作就要打退堂鼓？這樣的工作者很失格耶！」

「其他的我都願意做，唯獨對甜點實在是……」

「這樣好了。你可以請教緒方小姐，但企畫案必須自己寫。我醜話先說在前面，要是你隨便交差了事，我可不會放過你哦！這案子一定要賺錢，知道嗎？交給你了。」

話已至此，推也推不掉。武藤食不知味地吃完飯後，和鷹岡部長道別。

在回家的電車上，武藤不停思考各種對策——都是些跟企畫案無關的。例如怎樣才能不用接觸到甜點、讓緒方代勞的方法等，他絞盡腦汁地思考怎樣躲掉甜點。

——請她享用名店的甜點，然後趁她心情大好時順勢提議，應該是最好的方法吧？

「不行，這招肯定行不通。」武藤搖搖頭。

其實，按照進公司的時間來說，緒方麗子算是武藤的後輩。跟武藤不同的是，她一開始就被分派到企畫部，所以雖然小武藤兩歲，企畫經驗卻比他多。

緒方麗子是個膚色白皙、一頭短髮、很適合戴胭脂色金屬框眼鏡的可愛女人。「我超愛甜點，吃一整天也不會膩！」比起她對甜點的可愛發言，在工作上，她可是超嚴格的。

武藤曾經在一場企畫會議上，目擊麗子義正辭嚴地駁倒男同事的情景。那位男同事語帶訕笑地批評麗子對於甜點太嚴苛，只見麗子驟然變臉，怒喝「別小看甜點和女客人！」然後展開一場激辯。

如果麗子只是發發牢騷，別人也好緩頰說：「沒事啦！緒方小姐，冷靜一點。」或是「其實他也沒什麼惡意。」之類的。

但那次的情形可沒有那麼輕鬆，因為麗子是冷靜地和對方反覆辯論，甚至到了窮追猛打的地步。她具體列舉各項資料，質問對方到底了不了解客層，逼得對方逃出會議室才罷休。

「要是自己被說成那樣，恐怕也會受不了。」武藤一想到這裡，不由得發抖。但換個角度想，正因為麗子是這種個性……「如果自己有理，就有可能說服她，也能讓她心甘情願拔刀相助，不是嗎？」武藤心想。

隔天，在西富百貨公司蘆屋分店的會議上，武藤正式被指派為「甜點宮殿」甜點嘉年華的負責人，鷹岡部長下令在下次開會前提交企畫大綱。

會議結束之後，武藤立刻攔住緒方麗子。雖然兩人平常在工作上有交流，但從沒私下小酌什麼的。也許是因為親眼目睹了那場激戰的關係，所以武藤沒告訴過麗子自己討厭甜食。

沒想到武藤一說出口，麗子卻一副「我早就知道了」的模樣。

「八成是從鷹岡部長那裡聽來的吧。」武藤心想。

麗子那雙藏在鏡片後頭的眼睛露出興致盎然的眼神，微笑著說：「我聽鷹岡部長說了。有什麼可以幫忙的儘管說，我會在能力範圍內盡量協助的。」

「謝謝，還請妳多多指教。方便一起吃頓飯聊聊嗎？」

「現在嗎？」

「嗯，不方便的話，改天也行。」

「我隨時都ＯＫ。」

「那就打鐵趁熱吧。」

武藤招待麗子到ＪＲ元町車站附近一家法國餐廳，這家餐廳的套餐跟懷石料理一樣，前菜到甜點的分量不多，卻都很精緻可口。可惜靠窗位置都已經有人坐了，幸好餐廳後方還有不會被打擾到的座位。

雖然分量不多，但料理裡有許多奶油和醬汁，吃起來很有飽足感。每次一上菜，麗子就興奮地嚷著好吃。吃完主餐，肚子其實已經很撐了。

「武藤先生，這家餐廳的料理很不錯呢！」

「想吃點好料的時候，來這裡就對了。雖然是法國餐廳，一個人來也能輕鬆用餐。」

甜點則是任選兩種蛋糕搭配冰淇淋或果凍。一共有六款蛋糕、三種冰淇淋、三樣不同口味的果凍，怎麼選都行。

「我喝咖啡就行了。」武藤說。「我的甜點就讓給緒方小姐囉！」

「咦？真的嗎？」

「反正套餐本來就有含甜點，妳就選自己愛吃的吧！」

麗子喜孜孜地多挑了一分蛋糕搭配冰淇淋的組合。等服務人員送來後，武藤將甜點挪到麗子面前。

點心盤上放著武藤根本叫不出名字的蛋糕，因為其中一款是深咖啡色，所以連討厭甜食的武藤也猜得出應該是巧克力做的。另一款則是烘烤成淺咖啡色，搭配的冰淇淋是暗紫紅色。武藤想像不出到底什麼水果能做出這樣的顏色，反正他不感興趣也不想碰。

「武藤先生，真的不吃嗎？」麗子又問了一次。「像這樣的店做出來的甜點味道應該很優雅，不會太甜。」

「我來過好幾次，從來沒吃過甜點。我有跟店裡的人打過招呼，所以他們都知道我不碰甜食。」

「主廚真可憐！」

「為什麼？我還是照付套餐的錢啊！」

「我不是指錢的部分……套餐的甜點也是一道料理，主廚會挑選適合的甜點來調和整體口味，所以跳過最後這一道，實在有點說不過去呢！」

「咖啡加點糖喝，不就得了嗎？應該也能達到調和口味的效果吧？」

「完全不一樣，因為甜點不只是有甜味的食物。」

麗子看向原本是武藤那一分的甜點。「比如這樣的組合，雖然是一般的巧克力蛋糕，但巧克力的美味絕對不是只有甜味，而是融合苦味、酸味和油脂的味道，再加入砂糖產生的美味。」

「酸味？巧克力也有酸味？」

「原料之一的可可豆依照產地和農地的狀況不同，味道也會不一樣，這是影響酸味的因素，烘焙方式則會決定苦味的程度。所以，專業巧克力師傅吃一口巧克力，就能分辨出差別。」

「哦……」

「所以，在蛋糕中放入巧克力時，會因為蛋糕使用的水果是酸還是甜而不同，必須先考量巧克力本身的酸味與苦味，再融合水果的味道。像這款沒有用水果製作的蛋糕，會直接突顯巧克力的特色，所以必須思考要用哪一種蛋、麵粉和牛奶來製作麵團。」

「是喔。只不過是一小塊蛋糕也那麼費工。」

「用『只不過』這種字眼來形容，不太好吧。武藤先生今後的工作，可是跟這個『只不過』大大有關喔！」

「關於這件事……」武藤拋出正題。「妳看也知道我完全不懂甜點。雖然被指派做甜點企畫，但我真的不知從哪裡下手。當然我也可以仿照之前的企畫案，稍微改一下就行了，但是部長交代一定要有新意。」

「『甜點宮殿』是一家才開業兩年的店，如果當作一般的分店來企畫，確實了無新意。」

「老實說，我連找哪些店、哪種甜點來參加活動都搞不清楚，所以要是能從緒方小姐這裡得到一些最新情報，可真是幫了大忙！只要照著這些情報來擬企畫案，應該連我這種甜食白痴也可以萬無一失吧。」

麗子皺眉。「這樣就不算武藤先生執行的啦！」

「雖然部長說我不能憑著個人喜好來工作，但我就是對甜食沒輒。不論北海道物產特展，還是深海魚特賣活動，我都能發想出非常棒的企畫。如果是食物以外的東西，那就更簡單了。不管是珠寶、和服或高級女性內衣，我都很有自信做好。只有對甜食沒辦法，不論蛋糕或溫泉饅頭之類的甜點都不行。」

「我覺得很不可思議……」

「什麼？」

「武藤先生到底是討厭甜點哪一點呢？」

「……我覺得甜食很難吃，非常、非常難吃。」武藤伸手阻擋急於回話的麗子。

「我不想跟妳辯。這只是我個人的主觀感受。緒方小姐應該很清楚，味覺是非常主觀的事。」

「是沒錯啦！」

「就像要討厭海膽與鹹鮭魚子的傢伙，認同海鮮丼好吃是很困難的事。也就是說，即便是同樣的食材，只要烹調方法不一樣就不想吃。像剛才吃的牛排，要是上頭淋了便宜的番茄醬，就算肉質再怎麼美味，也會讓人食慾大減吧？」

「是啊！」

「就算緒方小姐再怎麼喜歡甜食，也不會想吃用巧克力烹煮的魚料理吧？」

「這個嘛……如果是用巧克力烹調的白肉魚就會想吃……」

「啊？」

「巧克力也可以用來做料理！也有用巧克力烹調嫩牛和雞肉類的料理，超好吃的呢！」

見武藤詫異地說不出話來。「先不聊這個了。」麗子說。「我懂你說的海鮮丼理論。武藤先生如果真的那麼討厭甜點，指名由你負責這項企畫確實強人所難。」

「就是啊！雖然是工作，但要我立刻就接受甜點，根本是不可能的任務。」

「但我說過，我很樂意協助你，畢竟挑選店家是這次企畫的核心……」

「所以我一定要表明自己的難處，當然也會盡全力做好。關於甜點的賣相、價格等，我都會努力研究檢討。對了，那個東西叫什麼啊？就是電視上常出現，像是巨型雕塑作品的甜點……」

「你是指造型甜點嗎？」

「對！那種東西我還評比得出好壞，什麼樣的造型比較符合會場氣氛，怎麼設計看起來比較華麗，但味道就沒辦法了。我沒辦法評斷最重要的部分。」

武藤早就有被麗子反駁的心理準備，所以只是靜靜地觀察她的反應。麗子會遵從上司的指示，還是接受初次擔任承辦人的哭訴？這問題其實沒什麼好猶豫的，因為上班族只有乖乖聽令的分。但既然他都自己承認了，麗子肯定會藉機說他一頓吧。

沒想到……麗子什麼也沒說。

麗子沒理由不插手「甜點宮殿」的甜點企畫案，如果她真的酷愛甜點——而且她對自己的工作能力很有自信，不可能不出手幫忙為這件事傷透腦筋的人。因為，人類的優秀程度，大多與自尊心有關。

麗子是那種會視對方情況來採取對應行動的人，不會一下子就栽進去。要是交出以麗子意見為主的企畫，肯定會被鷹岡部長當場駁回吧。萬一弄個不好，今後他就別想碰其他企畫了。絕不能犯這樣的錯。

麗子遲遲未下結論，只是默默地吃著甜點。

圓筒型容器裡有紅色、粉紅與白色等三層顏色。麗子舀了一口，感動莫名地嘆氣。「啊，這個實在太美味了……」

武藤苦笑地說：「那是什麼啊？」

「草莓慕斯，軟綿的口感與鮮奶油，真的好吃到不行……」

「看妳好像吃得很開心呢！」

「甜點就是讓人心情愉快的東西啊！武藤先生小時候應該也喜歡甜點吧？」

「沒有，我從小就不吃甜食。」

「因為過敏嗎？」

「只是單純地討厭甜食。」

「可是小時候媽媽不是都會做布丁、鬆餅之類嗎？那你的點心時間都是吃什麼呢?」

「不太記得了。」

「和菓子如何?像饅頭[1]、三笠[2]、蜂蜜蛋糕之類的。」

「沒辦法,我都不喜歡,尤其討厭糯米皮紅豆餡點心入口時那種黏黏的感覺。」

「看來你很討厭做工扎實的甜點呢!可惜這裡的甜點那麼好吃。」

面對麗子嘗一口看看的提議,武藤搖搖頭。「不好意思,我真的不敢吃。」

「是喔……那我就不客氣了。」

麗子邊大啖甜點,邊介紹每一款甜點。草莓、芒果、西洋梨、黑醋栗、起司、巧克力……如何使用每一種素材,調製出什麼樣的味道,以及向顧客推銷的要點等。

在被迫聽課之下,武藤發現甜點也有所謂的要點。它跟料理一樣,如果有絕妙的組合,就能催生無敵的美味。但也有絕對不能兜在一起的組合,就像京料理絕對不會使用豬排醬一樣,甜點也有如何做得好吃的要訣。

1　饅頭:這裡是指溫泉饅頭之類的點心。
2　三笠:關西方面稱為「銅鑼燒」。

武藤明白個中道理，也知道他如果不親自吃一口，還是很難向客人推銷。所以就算麗子說明得再仔細，武藤也沒辦法只靠知識來挑選甜點，

麗子提議：「還是要吃一下比較好吧。就算只是一小口也沒關係，這是挑選店家時一定要做的功課。」

「嗯……」

「武藤先生討厭水果嗎？」

「不會特別想吃，但至少比甜點來得容易接受。」

「既然如此，從水果塔開始嘗試，如何？」

「蛋糕上的水果是用砂糖煮過吧？我不喜歡。」

「也有使用新鮮水果做成的水果塔啊！要是討厭塔體的話，只要吃一小口就可以了——」

「這樣也嘗不出甜點的美味吧。」

「慢慢就會習慣囉！不是一定要吃光，才分得出好不好吃。」

所以他還是得吃甜食嗎？麗子瞧見武藤不太情願的樣子，又補了一句：「要是

武藤先生肯多少嘗一點，我一定會盡全力幫忙，但不能讓鷹岡部長知道就是了……」

「嗯，這部分我一定會小心處理。」

看麗子一副興致勃勃的模樣，武藤忍不住在心裡大叫：「成功了！只差臨門一腳。」

「我向妳保證，要是遇到敢吃的東西，我一定會吃的。妳說得對，也許從水果類的甜點著手比較好。」

「那就這麼說定了。」

兩人隔天就開始挑選店家。雖然「甜點宮殿」與多家店簽訂長期合作契約，但為了配合活動，還是必須陳列其他店家的人氣商品。

活動時間為期一個月，相較於購物中心的活動只能在黃金周舉行，在「甜點宮殿」舉辦的活動時間可以拉長一點，所以事前必須進行各種沙盤演練。

武藤雖然答應親自吃一些，但看到麗子揀選的店家名單時，還是不禁啞然。店家的名單有整整兩大張之多。

「不會吧？要試吃這麼多家?!」麗子瞅著一臉鐵青的武藤，微笑說道：「當然囉！」

「我沒辦法啦！」

「反正武藤先生只要吃一小口就行了，很輕鬆啦！我會負責確認各家店的推薦商品。」

「這樣吃不會胖嗎……？」

「放心，我會一邊控制卡路里一邊試吃。」

武藤光看名單就覺得頭暈，各款甜點前的小名牌上，寫的全是一些他看不懂的商品名。

對武藤來說，這項任務有如耶穌背負著沉重的苦難，被綁在十字架上——既甘又苦的「甜點之路」就此展開。

第二話
泡雪的奇蹟

嗚……胃好痛，一定是吃了太多鮮奶油和砂糖的關係。

短時間內大量塞入一直以來不愛吃的甜點，當然會搞成這樣。

武藤在咖啡廳吃完胃藥後，深深嘆了一口氣。

武藤和麗子開始挑選預定五月在西宮花園舉行的「甜點嘉年華」參與店家。雖然味道好壞全交由麗子品評，但身為活動企畫負責人的武藤，不可能什麼都搞不清楚就挑選商品。

造型華麗、新穎、令人愛不釋手、配色優美等，單就外觀來說，討厭甜食的武藤也可以評斷。

只有味道，勢必得自己吃過才行。

「不必全部吃完，只要一小口就行了。」

雖然麗子這麼說，但是對武藤來說，一小口也很痛苦。

鮮奶油與卡士達醬的黏稠感，巧克力在口中久久不散的濃膩味，海綿蛋糕、派塔的麵團讓胃無意義地膨脹起來。當武藤吃著生平第一個馬卡龍時，一種衝擊感瞬間衝進他的腦袋。

甜死了——!!

麗子說她一次可以吃好幾個這種東西?這種用蛋白糖霜烘烤的小餅裡，挾著果醬、奶油、巧克力等甜滋滋的餡料，當這些東西全部在口中爆開時的衝擊——

根本就是砂糖炸彈！

這就是武藤對馬卡龍的印象。他發誓絕對不再碰第二次，就算有人付錢要他吃，他也打死不幹！

「什麼?感冒了?」

武藤接到麗子打電話來說要「請假兩天」時，不禁愕然。

「可是今天開始要拜訪店家耶!」

麗子用濃濃的鼻音、有氣無力地說:「只能麻煩武藤先生一個人去了……雖然說會洽談一些事，但店家那邊也不可能馬上端出新品……」

「照預定計畫，今天要確認各家的推薦商品啊!這下子怎麼辦啊?」

「關於這部分，我後天……不過，要是有店家真的端出來的話，一定要好好品嘗一下哦！不然就對師傅太失禮了。」

「天啊，再繼續這樣吃下去，我會發瘋！」

「沒這麼嚴重啦！人體天生具有分解醣類的機能，你以為我們舌頭上為什麼會有感覺甜味的細胞呢？」

明明感冒了，麗子還是得理不饒人。武藤簡直快哭出來了，但也不能因為私人理由而取消跟店家會談一事。

武藤抱著必死的覺悟走訪各店家，跟各家老闆與主廚打招呼，洽商甜點嘉年華一事。果然，每家店都端出了蛋糕，而且都是主廚的得意之作，武藤根本無法敷衍帶過。本來說好是由麗子負責吃蛋糕，武藤再找個適當的理由推辭。但是麗子沒有隨行，武藤只有忍耐著一邊吞下肚、一邊洽商。

每個店家都排著蛋糕等著武藤光臨，他只能勉強擠出笑容，言不由衷地讚美造型和味道。憑著被麗子特訓出來的知識，武藤在沒有任何牛頭不對馬嘴的情形下，順利地完成洽商。不論碰到什麼類型的主廚，武藤都能愉快地結束會談。

相較於會談的成功，武藤的胃卻已經瀕臨毀滅。太多甜食讓胃酸大逆流，就算吃再多胃藥也沒用。

不行了。這是他的極限了。

武藤翻開記事本，決定確認完最後一家店後，這輩子再也不碰任何蛋糕。

「金翅雀」位於從車站爬坡十分鐘的山坡處。藉由爬坡，多少能舒緩一下胃部的不適感吧。武藤這麼思忖著，拖著蹣跚的步伐上坡。

「森澤小姐，過來一下。」

正在廚房將鮮奶油擠到草莓奶油蛋糕上的森澤夏織，一聽到叫喚聲，隨即停下手邊工作，抬起頭。

主廚漆谷美津子站在工作檯前。

「今天西富蘆屋分店的甜點活動企畫負責人會來店裡拜訪。」

「蘆屋分店？居然會有總店以外的人來拜訪，還真稀奇呢！」

「是啊！這次來的不是向井先生，而是其他人。負責人是一位年輕女性，聽說很愛甜點呢！所以我想把甜點裝飾得華麗一點，這件事可以麻煩妳嗎？」

「要端出什麼樣的甜點呢？」

「這就由妳決定囉！」漆谷主廚微笑地說。

夏織思索片刻後答道：「就爆漿巧克力蛋糕吧！用水果裝飾出華麗感。」

「麻煩妳了。」

夏織工作的「金翅雀」在西富百貨公司神戶分店的地下美食街設有分店。聯絡窗口是個姓向井的中年男子，有時會來店裡拜訪老闆。對方如果時間充裕，除了咖啡之外，店裡還會招待他蛋糕，只是上面的裝飾不像咖啡廳那邊賣的那麼華麗就是了。

所以這次要求特別裝飾一下是有什麼用意嗎？難道又要推出什麼新企畫？

夏織想起西富百貨公司神戶分店重新裝修時的事，當時店裡還為此大幅度改變蛋糕的設計。雖然很辛苦，卻是一段愉快的工作經驗。負責設計的市川恭也目前還在東京，沒有回來。

夏織憶起恭也的笑容，心裡小小騷動起來。

為了拂去這個雜念，夏織開始思考要端給客人的蛋糕。她在「金翅雀」快滿五年了。原本位於地下室的廚房已經獨立，移至另一家店，也就是名為「路易巧克力工房」的巧克力專賣店。雖然夏織一直待在「金翅雀」，但透過調到「路易巧克力工房」工作的沖本先生介紹，也認識了那邊的主廚。

夏織除了製作甜點之外，還要負責裝飾咖啡廳要出的蛋糕。在設有咖啡廳的甜點店裡，不僅要烘焙蛋糕，還必須活用水果和冰淇淋，裝飾出華麗的甜點。因為是利用平常空檔時間處理，所以形式十分簡單，使用的素材也不多，但在有限的條件下，還是得做出一定的擺盤水準。夏織每天都在前輩們的調教下，磨練自己的實力。

所以，漆谷主廚的特別請託讓夏織緊張不已，畢竟自己的擺盤將左右外人對這家店的評價。雖然不至於端出上不了檯面的東西，但要是弄得太刻意，也會讓蛋糕看起來缺乏玩心和從容感。

總之，力求自然。端出平常提供的甜點就行了。

之所以選擇爆漿巧克力蛋糕，是因為她想到了「路易巧克力工房」。

「路易巧克力工房」的主廚長峰和輝，對巧克力的挑選與品牌有其獨到的品味與堅持。拜他豐富的知識與技術所賜，「金翅雀」的巧克力蛋糕比以往更添美味。基於想讓對方了解「金翅雀」不只總店、連新店也很有實力的考量，爆漿巧克力蛋糕應該是個不錯的選擇。

爆漿巧克力蛋糕是一種必須趁熱吃的巧克力蛋糕，連內餡都得確實溫熱，用叉子切開時，融化的巧克力會汩汩流出。滑順的巧克力口感與甜味、苦味，伴隨濃濃的香味在口中化開——這是一款洋溢著幸福感的甜點。

身為主角的蛋糕確定之後，就能決定搭配的冰淇淋和水果種類。冰淇淋是用不會扼殺巧克力美味的香草冰淇淋，再佐以草莓、奇異果、芒果等做出華麗的裝飾……夏織一邊在腦中構思各種設計，一邊等待來自西富百貨公司的貴客上門。

「金翅雀」地下室的廚房有十位甜點師傅，分別負責製作麵團、打發鮮奶油、雕刻水果、烘焙甜點、裝飾等。他們從早上六點左右開始一直忙到半夜，只能輪流休息。

賣場今天依舊門庭若市，夏織和其他師傅根本沒時間休息。

下午四點多，廚房的內線電話響起，老闆市川晴惠打來請夏織送蛋糕和咖啡到會客室。夏織接到通知後，立刻溫熱爆漿巧克力蛋糕，分裝成兩盤，然後再在蛋糕上灑些糖粉，做出像是積了點雪的造型，一旁還添上冰淇淋，四周綴飾鮮豔的水果，最後放上一片畫龍點睛的薄荷葉。

夏織手捧放著咖啡杯和蛋糕的大托盤，步出廚房。

辦公室位於走廊另一側，似乎是方便夏織進出，所以門開著。夏織打了聲招呼，走向位於最裡面的會客室。辦公室人員馬上起身，幫夏織敲了敲會客室的門，朝裡頭通報。

老闆晴惠的回應傳來。夏織輕點一下頭，走進會客室。那一瞬間，她差點驚呼出聲。

坐在沙發上的不是女性工作人員，而是男士。明明聽說西富百貨公司來的是一位年輕小姐，不知道什麼原因，臨時改派另一位。

來訪者是一位身材壯碩的男士。雖然他沒有開口說話，現場氣氛卻有些緊繃。夏織一邊被這股迫人的氣勢震懾住，一邊恭謹地將兩人分的點心放到桌上。

看來選錯蛋糕了，夏織心想。

因為聽說訪客是女性，她才想盡量裝飾得可愛一點，沒想到來的是正經八百的男士……早知道就設計得時尚一點。

不管怎麼說，夏織後悔選了巧克力蛋糕，雖然近來興起「甜食男」這個流行語，也有越來越多男性坦承自己是甜食一族，但還是有不少男性討厭巧克力。也許這個人就是其中之一。

果然，她把蛋糕放到桌上的瞬間，只見「他」微微蹙起眉頭。這一幕夏織全看在眼裡，心生不祥的預感。

剛進「金翅雀」工作時，還是菜鳥的夏織做了一年賣場和咖啡廳的工作，所以能直接瞧見客人見到甜點時的反應。無論女客還是男客，乍見華麗的蛋糕時，都會掛上笑容。

但她在這個人臉上看不到這樣的反應。既然是甜點嘉年華的負責人，應該很喜歡蛋糕、十分了解甜點才對啊……

夏織行個禮後，正準備飛也似地逃離現場，卻被「他」出聲叫住。「請等一下。」

夏織緩緩地深吸一口氣，轉身禮貌地答道：「是。」

「真的很不好意思，因為某些因素，所以我沒辦法吃這分甜點。但要是一口都沒動的話，對製作這分甜點的師傅很失禮，所以，可以麻煩妳代為轉告一聲嗎？」

「好的。」夏織輕點了一下頭，沒說出自己正是這位師傅。「我一定會確實轉達的。」

「我覺得蛋糕本身的裝飾非常亮眼。」「他」用認真的口氣這麼說。「如果是原本要來的那位女性負責人看到的話，肯定會很開心。不巧的是，她今天因為感冒請假。」

「謝謝您的誇讚，我會轉達給負責的師傅。」

老闆晴惠問道：「您不能吃巧克力嗎？我們店裡還有其他口味的蛋糕，看您喜歡哪一種，我馬上差人送來。」

「不，不是這樣的。」「他」的臉上浮現一抹苦笑。「其實，我這次因為工作關係，已經連續試吃好幾天甜點，所以胃有點受不了……真的很不好意思。」

「啊！原來是這樣，」晴惠微笑說道。「那就等另一位下次一起來時，再試吃也行。」

「謝謝，關於西宮花園這次的活動……」

因為他們開始談起公事，所以夏織先收走桌上的點心盤。

這時，老闆晴惠說：「森澤小姐，既然客人特地跑一趟，可以麻煩妳做個口味比較清淡、不會造成胃部負擔的點心嗎？」

對老闆來說，客人特地來訪，當然不想只請喝咖啡，也想端出什麼能讓對方留下印象的東西吧。雖然客人只能淺嘗一、兩口，但還是想做出什麼讓對方眼睛一亮的東西。

夏織原本有點失落的心，霎時豁然開朗。如果能另外端出什麼來招待，當然再好不過了。

「好的。」夏織答道。「請稍待一下，我一會兒送過來。」

離開會客室、返回廚房的途中，夏織不斷思索：什麼是馬上能做出來，既不失禮又不傷胃的甜點呢？

夏織腦中馬上浮現將水果切片、做出美麗裝飾的點子，但這顯然不夠格作為甜點店的「招牌商品」。果然還是得和甜點有關才行。

有什麼不會太甜的甜點呢——

夏織回到廚房時，突然想到一個點子。

她告知漆谷主廚一聲後，飛也似地奔進與「金翅雀」隔著幾家店的洋酒專賣店。

夏織端著新甜點走進會客室時，「他」正和晴惠針對文件資料，熱烈交談著。從兩人的談話中，得知「他」姓「武藤」。夏織招呼一聲後，將盤子放在桌上。盤中盛著浸在橘色醬汁裡的蓬鬆白色塊狀物，表面還撒了點堅果碎片。

武藤瞧著盤子，一臉不可思議地問：「這是……」

「泡雪——」夏織答道。「但是又跟和菓子的『泡雪』不一樣，用的不是寒天。」

「泡雪？」

「打發蛋白，加入少許砂糖攪拌，等形成團狀後，再放進熱開水裡汆燙一下就能做出這東西……這是一款法文稱為『Œufs à la neige』——雪花蛋霜的甜點。我試著減少砂糖，控制甜度，醬汁也刻意調味過。」

一般雪花蛋霜浸泡的醬汁有法式香草醬、水果醬等各種口味，夏織則是用加了一點白酒的柳澄汁調製而成。先煮好果汁，再滴入少許白酒。她沒有用一般泡雪上頭澆淋的焦糖醬汁，反而在表面上綴飾淺焙過的杏仁碎片搭配肉桂糖粉。

深橘色醬汁上浮著純白的蛋白糖霜——這道甜點，是專為武藤設計、口味獨創的雪花蛋霜。

夏織說：「因為沒用到奶油、牛奶和麵粉，所以應該不會對胃造成負擔，而且醬汁用的是柳橙汁，可能更像在吃水果的感覺。」

「只用蛋白部分製作，口味好像很清爽呢。」

「是的，如果您不嫌棄，還請吃吃看。」

「謝謝，那我就不客氣了。」

武藤的眼神透著好奇。泡雪入口的瞬間，武藤的表情霎時變得開朗。「啊！真的是入口即化呢！」

「還合您胃口嗎？」

「醬汁是爽口的柳橙汁，還加了點白酒，口感很豐富呢！」

武藤語帶佩服地說，又吃了好幾口。「有意思，這玩意兒也算是甜點嗎？」

「是的，甜點不是只有蛋糕餅乾。雪花蛋霜是一種家裡能做，餐廳用餐也能出的甜點，但不適合擺在店頭賣就是了。」

「原來是這樣……」武藤一臉落寞地垂著眼。「要是甜點的味道，都像泡雪一樣清爽就好了。」

武藤的反應令夏織十分好奇，她打聲招呼後，離開會客室。

夏織回到廚房繼續工作，結束洽商的武藤也步出辦公室，來到賣場。夏織從廚房的玻璃窗望見武藤微笑地向賣場工作人員道謝，然後推開店門走了出去。

夏織總算鬆了一口氣。

隔天一早的會議上，「金翅雀」的工作人員從漆谷主廚口中聽聞甜點嘉年華一事。西宮花園的「甜點宮殿」預定於五月舉辦名為「甜點嘉年華」的活動，所以必須針對這個活動研發新品……

漆谷主廚拉高嗓門說：「雖然會比平常更忙，但大家一起加油吧！」

會議結束後，大家紛紛離去時，漆谷主廚叫住夏織。

「昨天謝謝囉！聽說西富的武藤先生非常開心呢！」

「能幫上忙，真是太好了。」

「武藤先生明後天還會再來，希望森澤小姐到時也出席會商，由妳負責研發『甜點宮殿』的新品。」

「啊?!」

「他很喜歡妳做的點心，請我們研發新品。」

「可是雪花蛋霜是那種不適合擺在店頭賣的甜點，時間一久，形狀就會走樣。」

「不是要做那個，研發一般蛋糕就行了。」

「但這事不是一向由主廚負責嗎……」

「如果研發不出適合的新品就由我接手，或是交給其他人負責，所以就算失敗也沒關係。夏織願不願意試試呢？老闆也同意了。」

夏織向漆谷主廚行禮，說道：「謝謝，我願意試試。」

會商當天，夏織和漆谷主廚一起在會客室和武藤洽商，另一位女性負責人似乎今天也沒辦法到場的樣子。好像是因為進度有點落後，所以兩人決定分頭進行。

武藤將厚厚一疊的書面資料放在桌上，裡頭有參加甜點嘉年華的店家名單，還挾著各式各樣甜點的照片。

夏織和漆谷主廚看了一下店家名單，不由得嘆氣。

這次有好幾家名聲遠播關西以外地區的名店參與，也有長年深受在地人喜愛的小店。看來開出這分名單的人，肯定是甜點酷愛者吧。從引領風潮到保有關西傳統甜點風情的店家，應有盡有，組合得十分完美。

武藤說：「製作這分名單的是之前跟妳們提過的那位女性負責人，下次一定會請她一同出席。」

「原來如此。能有這麼懂甜點的人士協助，真是太好了。」

「接下來是關於甜點嘉年華的活動排程。百貨公司舉辦的活動時間一般是一個禮拜左右，因為是在百貨公司的活動場地舉辦，所以時間沒辦法拉長，但我們的『甜點宮殿』是設在百貨公司裡的店鋪，隨時可以根據商品銷售情況來調整活動內容。這次活動時間為期一個月，因為設有咖啡廳，所以要是反應不錯的話，銷量應該相當可觀。我明白對參與這次活動的店家來說，畢竟還有平常的業務要兼顧，出貨壓力肯定不小，因此為了不造成大家的負擔，我們會錯開各店家參與活動的時間，再視客人的反應調整存量……」

夏織看著行事風格爽快俐落的武藤，忽然有種不可思議的感覺。武藤竟然連獨立經營的店家一天最多能出爐幾次、要花多時間烘焙哪一種甜點的開爐排程、人員分配、運送程序等，掌握得一清二楚。

在夏織的認知中，能掌握到這種程度的人，只有對製作甜點一事抱持高度熱情的甜點師傅。無時無刻思索甜點的事，想著如何才能做出更美味的甜點、如何才能讓客人滿意……每一位師傅都是這種滿腦子只有甜點的人。

但武藤不一樣。

他不是甜點師傅，只是企畫人員，對工作的態度卻與夏織他們無異。如何將精心製作的商品送到客人手中，如何讓客人感受到滿滿的喜悅，只有和製作者站在同樣的角度看事情，彼此才能合作無間。

所以，就算不會製作甜點、對甜點不感興趣，只要以客為尊，就能達到同樣效果嗎？對於只了解職人世界的夏織來說，武藤所處的職場儼然是個陌生的世界。

「所以關於甜點部分……」武藤一邊翻閱文件上的照片，一邊說道。「因為只有邀請這些店家參與，所以希望蛋糕的種類不要重複。」

漆谷主廚點點頭。「當然。」

「不過，要是只是拿出各家的招牌商品，實在欠缺新意。我們希望推出的是總店沒賣、非得到『甜點宮殿』才能買到的商品。」

「已經有店家決定推出什麼商品了嗎？」

「有幾家已經確定了。譬如這家店推出的是乳酪蛋糕；水果塔的話，比較適合這家店。我們還會針對生巧克力、夾心巧克力、馬卡龍等各式甜點，跟適合的店家進行磋商。希望能根據每個店家的特色，討論出最適合的商品。」

夏織比較預定推出的商品與店名，果然都很符合每家店的特色。一想到他們期待「金翅雀」推出什麼樣的商品，夏織就緊張得全身緊繃。

正在看文件的武藤抬起頭，看著夏織。「我可以提出我希望『金翅雀』推出什麼新品嗎？」

「請說。」

「我非常喜歡前幾天吃的那款甜點，可以依照那樣的感覺製作新品嗎？」

「意思是……製作類似雪花蛋霜的新品嗎？」

「是的，我覺得有款『白色甜點』感覺挺好的，當然可以加些水果之類的東西，裝飾得華麗一些。我希望貴店推出的新品，是任何人都覺得很順口、而不是口味特殊的甜點，讓每位客人都能吃得滿足又沒有負擔……我覺得這就是『金翅雀』甜點的特色。」

這種印象和當初夏織選擇進入『金翅雀』的理由不謀而合。任何人都能吃得順口的甜點，也是關西甜點的一種理想形式。

武藤繼續說：「雖然來甜點嘉年華感的客人可能都是甜點愛好者，但陪同前來的朋友或家人，搞不好對甜食覺得很棘手，所以我希望能針對這樣的客人，製作適合他們口味的甜點，也能實現我對『甜點的想法』，不知妳們覺得如何？」

這是夏織從未思考過的，也是令人躍躍欲試的一道課題。

武藤繼續說：「當然這只是我個人的希望，森澤小姐如果有什麼更好的想法，還請不吝賜教。畢竟我在甜點製作方面是個門外漢，一切還是要看專業師傅的判斷和決定……」

「您太客氣了。就照您的想法進行，沒問題。」夏織輕輕點頭。「我會全力配合，也請您多多指教！」

第三話

法式杏仁奶凍

聽到西富百貨公司的武藤提出「希望研發一款白色甜點」的要求時，夏織馬上想到好幾款蛋糕。

使用大量鮮奶油做的草莓奶油蛋糕、綴飾純白糖花的水果蛋糕、生乳酪蛋糕、包覆著白色巧克力的慕斯等。

武藤還提了個附加條件，那就是「讓對甜食感到棘手的客人，也能吃得美味滿足」。看來表面塗滿鮮奶油的甜點，就算再怎麼控制甜度，光看造型就給人「甜膩」的感覺，更何況表面還綴飾糖花之類的東西，很難符合這條件。

乳酪蛋糕的話，已經內定由某家名店推出；如果用白色巧克力，對於不太愛吃甜食的客人來說，光聽到「巧克力」就會打退堂鼓吧？

該怎麼辦呢……

甜點嘉年華將於五月正式開跑。

西富百貨公司每年都會在黃金周期間，分別在總店與各分店舉行甜點嘉年華活動。「甜點宮殿」的甜點嘉年華，則是配合這期間舉行為期一個月的活動。

活動正當天氣漸漸熱起來的時節。也是想吃口感彈牙、冰涼爽口甜點的季節。

這麼說來，法式杏仁奶凍（blanc manger）好像很適合。只用牛奶與吉利丁凝固，是一道簡單清爽的甜點。

簡單來說，它就像法國的布丁，或說像果凍一樣。先以砂糖調出甜度，再用杏仁增添香氣。裝盤時，在杏仁奶凍四周淋上卡士達醬、加些水果綴飾就完成了。雖然裝飾手法近似雪花蛋霜，但因為法式杏仁奶凍是用吉利丁做的，因此一般會裝在玻璃容器裡，擺在店頭賣。

因為主要素材是牛奶，就算不愛吃甜食也容易接受。既不甜膩，又有水果，非常爽口。然而正因為造型簡單，所以和其他商品放在一起時，實在不怎麼吸睛。要是不在器皿設計上下點功夫，頂部綴飾的水果不夠講究的話，很容易輸給其他甜點。

所以，要做到不單是不愛吃甜食的人、連喜愛甜食的人也會想買的話，必須下點功夫才行。

想活用甜點的純白，演繹不一樣的華麗感……有幾種作法。那就是法式杏仁奶凍的純白，如何與色彩鮮豔的水果配色。

怎樣才能呈現最美的造型呢？怎樣才能呈現美味到不行的感覺呢？

法式杏仁奶凍的作法很簡單。首先，將牛奶和杏仁倒入鍋中，加熱到煮沸。然後等杏仁的香氣與牛奶充分融合，再用布過濾牛奶，加入砂糖與吉利丁，充分攪拌。加熱後，再慢慢倒入打發好的鮮奶油中，最後倒入容器，放進冰箱冷藏，就算大功告成了。

因為這款甜點真的很樸素，所以必須靠裝飾用的水果突顯特色。或是以不扼殺杏仁香氣為原則，添加別的香氣，用杏仁以外的食材添香也可以。

直接將鮮奶油倒入牛奶中攪拌，還是稍微打發後再加入，依作法不同，做出來的口感也不一樣。如果不打發，做出來的口感像是果凍；稍微打發的話，口感就沒那麼有彈性；充分打發的口感則是近似巴伐利亞布丁[3]……所以一定要拿捏清楚。

夏織挑了一個玻璃製布丁容器，先從最基本的配方開始嘗試。她將混合好的食材倒入容器，放進冰箱冷卻，然後在頂部放上切成一半的草莓，以及三顆左右的藍莓，最後點綴一片薄荷葉。這是最傳統的裝飾法。

「造型簡約，看起來又好吃……」夏織喃喃自語。「但放在店頭賣，似乎不太

3　巴伐利亞布丁：Bavarian Cream，是德國代表性甜點，口感比較細緻綿密，已經接近奶油。

起眼……」

她接著嘗試名為「彩虹酒」的雞尾酒造型。先在修長的玻璃容器中，依序放入法式杏仁奶凍、水果以及醬汁，交互相疊，像地層般堆積著好幾種顏色的造型非常有趣。藉由反覆倒入與冷卻凝固作用，做出複雜的層次感，算是頗費工的一款甜點。

「這樣夠華麗，但做起來太費工，怕會影響其他工作……看來時間還是一大考量。」

夏織接著將法式杏仁奶凍倒入小容器，待凝固之後，再移到稍微大一點的容器，然後用水果塞滿周遭縫隙。完成後，淋上水果醬汁。

「法式杏仁奶凍造型也可以很華麗有趣。就吸睛度來說，這款應該是第一吧。」

除了杏仁之外，還有其他添香的方式，例如用榛果、咖啡口味的利口酒來添香也不錯。最重要的是，不能破壞牛奶的純白。雪白的法式杏仁奶凍如果吃起來有一股咖啡香——這會是一大亮點。

不過，夏織還是想做出更特別、讓人回味無窮的味道。她準備了兩個鋼鍋，分別倒入冰牛奶，一只鋼鍋加了點薄荷葉，另一只則加了少許番紅花，然後蓋上保鮮膜，放入冰箱，約莫兩小時後取出，就成了散發薄荷香的牛奶與染黃的番紅花牛奶，然後再分別倒入另一只鋼鍋加熱。

「煮滾後加入吉利丁……如果要做出特色，加點薔薇香也行，但是薔薇的味道對不太吃甜食的人來說，可能不容易接受吧。」

夏織做了好幾款法式杏仁奶凍，用數位相機一一拍下來，記錄下每一款的味道與感覺，再從中挑出自己覺得不錯的。如果實在挑不出來，再試試其他種類就行了。

試作品先請漆谷主廚進行品評。

漆谷主廚吃了一口，稱讚道：「嗯，好吃。看來妳花了不少苦心呢！」跟著又說：「也請西富的武藤先生品評一下，如何？」

「謝謝主廚，可是造型方面……」

「對方如果提出什麼建議，可要好好記下來哦！」

「那個……有什麼需要改進的地方嗎？」

「這問題直接請教西富的武藤先生不是更好嗎？」漆谷主廚露出饒富深意的笑

容。「購買甜點的畢竟是一般客人，而客人的想法和專業師傅、百貨公司工作人員的想法肯定不一樣，這是理所當然的，但也一定會有什麼共通點……這一點，可以好好向對方請教。」

「我明白了。」

「克服困難其實是很有趣的事！加油囉！」

試吃新品時，除了武藤之外，另一位女性工作人員也出席。雙方在「金翅雀」的會客室碰面時，她主動向夏織打招呼，遞上名片。「承蒙照顧，我是緒方麗子。因為手邊還有其他案子要忙，所以這次純粹是協助武藤先生，如果有任何指教，還請不要客氣。」

「我是森澤夏織，請多指教。」

夏織從盒子取出試作品排放在會客室桌上。轉眼間，桌上已經擺滿兩人分的各種法式杏仁奶凍。

武藤開門見山地問：「這是什麼甜點？」

「法式杏仁奶凍。」

「用的是什麼材料呢？」

「牛奶、鮮奶油、砂糖與吉利丁，也就是奶凍。因為加了鮮奶油，所以口感滑潤，至於素材部分與義式奶酪差不多——不過，基本作法還是有點不太一樣。」

夏織將造型最簡約的杯子遞向武藤。

「您吃過之後，就能曉得哪裡不一樣了。義式奶酪是香草香，用的是沒有打發的鮮奶油，所以做出來的口感稍硬一點。法式杏仁奶凍是杏仁香，用的是稍微打發的鮮奶油，所以口感滑潤許多。」

「這和中華料理的杏仁豆腐有什麼不同？」

「杏仁豆腐沒有用到香草和杏仁，用的是杏子的種子，也就是果仁，不只用來添香，還會用攪拌機攪碎後摻入牛奶。聽說工廠生產的便宜杏仁豆腐用的不是杏仁，而是用杏仁香精調味，做出類似味道。」

「即使是類似的甜點，但因為國情不同，配方也不一樣，是吧？」

「是的。我研究了一下，發現這部分很有趣，更想吃遍世界各地的甜點。」

一旁的麗子也隨聲附和。

夏織又說：「因為這是一款非常簡樸的甜點，因此重點在於如何變化，也就是如何運用水果，以及甜點本身想呈現什麼樣的風味。因為武藤先生希望我們研發『白色的甜點』，所以我試著以不破壞白色印象為原則，做了各種嘗試。其實，如果不拘泥這一點，也可以用巧克力或番紅花調味。」

武藤問：「加了巧克力不會太甜嗎？」

「如果是用甜度較低的黑巧克力就不會，況且也不會像做慕斯用的量那麼多。」

「只是稍微帶點巧克力的味道，是吧？」

「是的。如果想口感再重一點，也可以用巧克力口味的利口酒調味。」

「您說也可以用番紅花調味，是指西班牙海鮮飯用的那種東西嗎？」

「番紅花用在甜點也很美味喔！只要一點點就能把甜點染成美麗的黃色，還帶著番紅花的特殊香氣，成了一款別具異國風味的甜點，其他像是茉莉花搭配熱帶水果應該也不錯。」

「那我們開吃吧！」麗子催促著。

也許是因為夏織的說明頗具說服力，只見武藤毫不猶豫地拿起容器和湯匙。麗子則是顯得很興奮，拿起當中造型最傳統的「彩虹酒」這一款，用湯匙往深處舀，開心地吃著，似乎在確認所有味道是否調和得恰到好處。

一旁的武藤則是平靜地吃著。與其說他覺得好吃或開心，不如說看起來像在確認自己是否也能接受這樣的甜點……有別於麗子三兩下就一掃而空的氣勢，武藤每種只試吃兩、三口，就馬上換吃別的。

夏織不時凝望著反應截然不同的兩人。

等他們全部試吃完後，麗子微笑著將湯匙擱到點心盤上。

「每一款我都吃過了，都很美味。」

「您覺得哪一款最好呢？」夏織問。

「這個嘛……」麗子再次依序看著所有容器。「我最喜歡杯底那層是紅茶口味的這一款，牛奶與紅茶風味充分融合，頂部裝飾的柳橙片也很搭。」

這一款是將法式杏仁奶凍的底層混合紅茶做成的，等凝固冷卻後，再覆上只用牛奶和鮮奶油做成的一層，而且紅茶用的是香氣較濃、西點常用的伯爵茶。

「我覺得紅茶口味除了用於底層之外，中間和最上面一層如果也能用到，也挺有意思的……如果能與牛奶充分融合，口感會更時尚。」

「謝謝指教。因為用的是紅茶，所以杏仁奶酪的底層會呈駝色，不知道這樣會不會背離『白色的甜點』這個訴求……」

「一點都不會，我覺得不用在意這種細節。對吧，武藤主任？」

武藤瞅了一眼麗子，含糊回道：「嗯，是啊！」

夏織問武藤：「武藤先生覺得如何呢？」

「這個嘛……我覺得咖啡口味的不錯，不但不會破壞牛奶的純白，還能吃到一股咖啡香，這種驚喜感滿有趣的。」

「我用了咖啡口味的利口酒調味。」

「這麼一來，男性客人也很容易接受。」

「如果要推出法式杏仁奶凍，起碼做三種口味會比較好。如果有什麼要求，還請兩位不要客氣，儘管提出，我也會盡力嘗試其他種類的甜點。」

麗子從旁插嘴。「森澤小姐還有其他想法嗎？」

「是的。不過準備的時間也很緊迫就是了，所以沒辦法無限上綱嘗試……」
「既然如此，請妳務必再嘗試其他口味！不必拘泥『白色甜點』這個訴求，也可以試試用剛才說的巧克力、番紅花調味。武藤主任覺得呢？」
武藤略蹙起眉頭。「我比較想以這款甜點的純白感當作賣點……」
「為什麼？」
「因為其他店家似乎沒有打算推出類似的甜點，我覺得這款純白的甜點和其他商品擺在一起應該會很顯眼。」
「那就像我覺得最好的紅茶口味那樣，在最底下那層做出不同顏色，如何？這樣應該不會背離你的訴求吧？」
武藤只回了一聲：「嗯」。
夏織察覺到武藤的堅持，但沒多說什麼。
武藤沉默了半晌才問夏織：「可以請教一個問題嗎？」
「請說。」
「我不太清楚法式杏仁奶凍這道甜點，但如果背離『牛奶搭配杏仁』這種基本配方，是否就不是『法式杏仁奶凍』了呢？」

「這個嘛……其實這個說法也沒錯。就『blanc』是『白色』、『manger』是『吃或食物』的意思來說，純白的確是法式杏仁奶凍的特色。相對的，義式奶酪的『panna cotta』意思則是『煮至濃稠狀的奶油』，所以有很多並非白色成品的配方，像是突顯水果的顏色，或是加入巧克力之類的……而法式杏仁奶凍的基本色就是『白色』。」

「對我來說，那種外觀是純白色、吃起來卻充滿驚喜的感覺，真的很有趣！這雖然是我這個門外漢的偏見，但我之所以喜歡咖啡口味的奶酪就是基於這個理由……如果想改變口味，是不是一旦加了什麼東西，就沒辦法做出純白的奶酪了？」

「是的，比如說用番紅花調味，就會變成黃色奶酪。就算使用其他的香草，萃取香氣時也會稍微染色，所以想保持純白確實有點困難。」

麗子說：「現在也討論不出個所以然吧！反正時間還算充裕，就請森澤小姐繼續多方嘗試，再找一天進行試吃，如何？」

夏織點點頭。「如果能這樣的話，就太好了。我會再試試武藤先生的建議。今天做的都是比較傳統的類型，看來我得再加把勁才行。」

「讓您這麼費心，真是不好意思。我相信森澤小姐一定可以做出非常棒的甜點，當然今天吃到的也很美味，真謝謝您做出這種溫暖又貼心的甜點。以季節來說，法式杏仁奶凍的確是非常好的選擇，也沒跟其他店家預定推出的商品重複，對我們來說，真是幫了個大忙！畢竟要是有店家挑中同一款甜點，我們就得設法居中協調。」

「謝謝，我會再試試其他可能性。」

「期待『金翅雀』推出的新品，也請多指教。」

武藤和麗子離去後，夏織總算鬆了一口氣。看來選擇法式杏仁奶凍這條路應該沒錯，只是武藤希望能更特別一些。

也許專業出身的自己與非專業人士的觀點有些出入，但也正因為不是專業出身，他才能不拘泥於框架地發想吧。所以，不要想成是自己做得不夠好，而是從中得到莫大的啟示……

步出「金翅雀」店門後，麗子對武藤說：「真是稀奇呢！」

「什麼？」

「武藤先生居然會主動提出要求！看來天要下紅雨了。」

「我不是在抱怨對方啦！」武藤一臉困惑。「對女孩子來說，我的說法是不是過分了點？」

「不會，就算武藤先生不說，我也打算提出來。」

「咦？」

「那款甜點做得不錯，只是印象稍嫌薄弱……」

「印象？是指味道還是造型？」

「技術方面真的沒話說，畢竟能讓武藤先生毫不排斥地吃下肚，確實滿足了這方面的要求。但總覺得這也是有點扯後腿的地方，整體顯得不夠大器。既然森澤小姐有此才華，不好好施展太可惜了。」

「嗯，也許別太要求，讓她自由發揮比較好吧……」

「也不能這麼說。目前還沒有店家提出要做布丁或果凍類的甜點，所以配合季節好好宣傳的話，這款甜點應該會挺受歡迎的，問題是要怎麼創出新意囉！」

「很難克服嗎？」

「對於認真又真誠的人來說，有阻礙不是一件壞事。況且這種程度的阻礙對她來說，不算什麼啦！」

麗子似乎很期待夏織展現實力，武藤也是這麼想。但他的心中還是越來越不安。對甜點一竅不通的自己，竟然只憑個人感覺就提出要求，是不是太過分？

那款甜點真的很樸實。對方雖然說願意再多方嘗試，但能夠施力的範圍畢竟還是有限。總覺得今天的開會結果只是讓彼此作繭自縛，而且提議的還是自己！對方會怎麼想呢？一個甜點的門外漢，竟然自顧自地說些讓專業師傅傷腦筋的話……對方應該無法接受吧？

武藤頓時只想鑽個地洞躲起來。

——森澤夏織只是想做出能讓我接受的甜點，她的善意與熱忱是不是被我這個合作對象——不，被我個人的判斷踐踏了？我是不是只會提出無理的要求，對別人的苦心之作，淨說些不負責任的感想？這種行徑，活像個任性的小孩！

武藤越想，心情越沉重。

這種苦悶，有點像那種剛開始喜歡上一個人時的煩悶焦慮。

第四話
武藤的「黑歷史」

回公司的麗子拎著甜點，好像發現什麼新大陸一樣地對武藤說：「這個超好吃的！」但武藤一看到造型就很抗拒。

玻璃容器裡裝的應該是巧克力之類的深咖啡色東西，以及奶油構成的層狀物，頂上點綴的鮮紅色水果浸泡在應該也是巧克力的黏稠黑色液體中。

雖然麗子帶回來的這款甜點比一般巧克力聖代小多了，但是有很多甜點體積雖小卻不減美味——或許應該說，不少甜點雖然小，甜度卻不低，這是武藤從近來累積的經驗中悟出的道理。世上多的是那種「正因為甜度高，所以小巧一點就行了」的甜點。

武藤戰戰兢兢地問麗子。「裡面裝的是什麼？」

「嘗一口吧！聽別人說明，不如自己吃吃看囉！」

「不要，要是像馬卡龍那麼甜，我又要被甜死了。」

「你也太誇張了吧？」

麗子笑著將湯匙連同甜點一起遞給武藤。

武藤不太情願地接過手，猶豫片刻後，才像品評什麼似地用湯匙尖端碰觸水果，但又隨即停手。

只見麗子催促道：「這個商品會成為『金翅雀』的競爭對手哦！」

「咦？」

「我覺得概念很像，但素材明顯不同，相較於『金翅雀』強調的『白』，這家店則是『黑』，端看客人喜好囉！真令人期待呢！」

武藤聽到麗子這麼說，更沒有不嘗一口的理由了，畢竟建議「金翅雀」推出法式杏仁奶凍的正是武藤，如果不親自嘗一口，就沒辦法比較差異。

武藤將湯匙往下探，從底部舀起一口。

塞入口中的瞬間，巧克力的甜味與香氣優雅地擴散開來，隨即又混著一股濃烈的咖啡苦味組合，讓武藤詫異不已。巧克力的味道與咖啡不會扼殺彼此，而是協調地創造出美味的另一種境界。

有著從咖啡豆淬練出來的深沉香氣與苦味，還有迎合成熟大人的甜味，這是這款甜點給人的第一印象。

而且，武藤以為這款聖代是類似慕斯或布丁的滑順口感，沒想到吃起來卻有餅乾碎片般的顆粒感，看來在口感的變化上費了不少心思。

每吃一口，就會湧起一個鮮明的印象，感覺像是將餅乾稍稍浸泡在散發巧克力香味的咖啡裡，又像坐在午後受微風吹拂著的露天咖啡座，一邊翻閱時尚雜誌，一邊享受美味——總之，就是一款給人這種印象的甜點。

麗子彷彿看穿了武藤的心思。「怎樣怎樣？挺有意思的吧？」

「這個嘛……」

武藤不得不承認。「像把巧克力布丁跟咖啡布丁融合在一起的味道，而且，明明是布丁，吃起來卻帶點咬勁，真是不可思議。」

「義大利有一款叫做『皮耶蒙帽子布丁』[4]的甜點，」麗子興致勃勃地打開話匣子。「是混合馬卡龍碎末做成的可可亞布丁，所以明明是布丁、卻吃得到顆粒是一大特色……這款甜點八成是運用這一點發想出來的吧。」

「這是哪一家的新品？」

4　皮耶蒙帽子布丁：Bonèt，源自義大利北方皮耶蒙省杜林市（Torino），以人們頭上戴的圓帽之形命名，為義大利代表性地方甜點。

「菲利絲碧安卡（Felice Bianca），受邀參加甜點嘉年華的店家之一。」

「喔。」

「這是一家專賣義大利甜點的店，而這款甜點是名叫北薗的男性主廚做的，取名『冷調歐貝拉』（Opera Freddo），用法式巧克力蛋糕——也就是歐貝拉——為藍本創作出來的義式甜點，顧名思義，是一款冷藏後食用的甜點。」

「怎麼做出來的？」

「把巧克力跟咖啡口味的慕斯交互重疊。法式歐貝拉蛋糕是以黑巧克力與咖啡做成的杏仁蛋糕為底，但這款甜點是用義大利杏仁餅（amaretti）取代杏仁蛋糕。」

「什麼意思？」

「這個甜點的原型其實來自馬卡龍。法式料理是義大利梅迪奇家族的千金嫁給法國王公貴族時，帶了幾位義大利廚師一起去法國而發展出來的，當然甜點的作法也是，所以法式料理的基本功來自義大利料理。後來，法式料理以獨特的形式，展現出跟義大利料理截然不同的風格。」

「是喔！」

「不論是杏仁蛋糕還是義大利杏仁餅，都有用到杏仁粉，而且同樣只用蛋白、不用蛋黃部分。不過，杏仁蛋糕的口感軟綿，義大利杏仁餅則是比較脆，但畢竟用的材料大同小異，味道也很相近，我想北薗主廚注意到的就是這個共通點……這個發想挺有意思吧？」

武藤嘆了一聲。就冰涼、彈牙的口感來說，這款「冷調歐貝拉」的確與夏織做的法式杏仁奶凍十分相似。

不僅這樣，極富特色的味道是它的一大賣點。

雖然武藤喜歡口味簡單大方的法式杏仁奶凍，但真正喜歡甜點的人，肯定更愛突顯巧克力與咖啡特色的「冷調歐貝拉」吧。當兩款甜點並排陳列時，「金翅雀」會不會淪為陪襯的配角？

「傷腦筋啊！」武藤擔心地喃喃道。「已經決定推出這款甜點嗎？北薗主廚還有其他備案嗎？」

麗子詫異地睜大眼。「武藤先生，難不成你想請北薗主廚放棄這款甜點？你開得了口嗎？」

「這種事怎麼開得了口啊……」

「就是呀！所以只能請『金翅雀』的森澤小姐多加把勁了。不過，武藤先生看中的那款用咖啡利口酒調味的法式杏仁奶凍，可能會被迫從候補名單中剔除吧。因為『冷調歐貝拉』的賣點就是巧克力與咖啡的協調口感，要是兩款商品太像也不太好。」

武藤又嘆了一聲。這麼一來，似乎越來越將森澤夏織逼入窘境了。

麗子問武藤：「有什麼問題嗎？」

「沒事。只是在想，是不是請『金翅雀』另行研發別款甜點會比較好？」

「請他們做法式杏仁奶凍的，可是武藤先生你自己耶！」

「沒想到會半路殺出程咬金嘛！」

「也就是說，你認為森澤小姐的作品沒辦法贏過這款甜點，所以連一較高下的機會都不想給囉？」

「就個人喜好來說，我比較喜歡森澤小姐做的甜點。雖然給人的印象不夠深刻、缺乏特色，但是她做的甜點很容易入口，光這一點就值得讚許了。問題是，遇到『冷調歐貝拉』這款一定會熱銷、肯定很受歡迎的華麗甜點，森澤小姐的努力只怕會付諸流水了……所以，如果能改變甜點種類，避免這種衝突發生，不是比較好嗎？」

「你覺得森澤小姐會接受你這樣的想法嗎？」

「什麼意思？」

「總之，再給她一次機會吧。要是現在提出新要求，一定會讓森澤小姐很煩惱。我們只是策畫活動的人，至於什麼甜點才會受歡迎，就交給專業師傅決定吧。我們先按兵不動，再觀察一次。如果森澤小姐做出來的還是無法跟『冷調歐貝拉』相提並論，到時再提出新的要求吧。我是覺得這樣做比較妥當啦！」

「妳到底哪來的自信啊？」

「直覺啊直覺！身為熱愛甜點之人，我有預感這會是一場精彩的比賽。」

武藤結束一天的工作，步出西富百貨公司，心情沉悶地走在街上。

我是不是因為拘泥於個人的喜好，造成了「金翅雀」的負擔？同時也造成森澤夏織的困擾？武藤一想到這裡，就覺得背著千斤重擔。

全都要怪鷹岡部長啦！明知道部下討厭甜食，還故意把企畫案塞給自己。不，沒有當場拒絕的自己也有不對。追根究柢，都是討厭甜食的自己不好。

這麼想好像也不對，人本來就有拒絕甜食的權利。那些斷定所有人都該喜歡甜食的人——毫不客氣、反覆操弄廣告、節目和雜誌甜點特輯的人——才應該好好檢討，不是嗎？但話說回來，我好像沒權利說這種話，畢竟自己是這次甜點嘉年華的負責人……

武藤從沒對別人提過自己討厭甜食的理由。除了出於個人隱私之外，也因為實在一言難盡。

武藤清楚記得當時發生的事。那時他大概只有十歲。

還記得小時候一放暑假，就會去鄉下的爺爺奶奶家玩。一住就是一個禮拜，武藤沉浸於捕蟬、抓螯蝦的田園樂趣中。也會和住在附近的堂兄弟們，一起嬉戲到天色漸晚、滿天星斗的時刻。雖然四周只有一望無際的農田，但對孩子們來說，卻是充滿寶藏、玩也玩不膩的地方。

奶奶總是親自下廚，滿足武藤和爸媽的五臟廟。下午的點心不是把剛從田裡採收的玉米拿來燒烤，就是大夥兒狂吃自家種的、超市裡沒見過的巨無霸西瓜。

而且每次回鄉下，桌上一定放著名為「上吉饅頭」的地方名產。外形與白色麵皮裹著豆沙餡的上用饅頭[5]相似，不過內餡種類多是其特色，有細紅豆沙餡、豆沙餡、柚子、味噌、抹茶、杏、白花豆、黑豆、黑糖、咖啡等，一盒裡有十幾種口味。

內餡種類之所以這麼多，是因為這地方自古流傳著閉著眼、拿饅頭的遊戲，看拿的是什麼，就代表自己的運勢。猶如抽籤般有趣。

饅頭上倒也沒有印上「大吉」、「小吉」之類的印記。拿到細豆沙餡，代表「大吉」；拿到黑豆餡，表示「財運旺」等意思來決定。是一種連小孩都能理解的遊戲。順帶一提，盒子裡並沒有代表「不吉利」的口味，畢竟是希望大夥兒都能品嘗美味饅頭為前提，而設計的方向也是以皆大歡喜為主。

武藤常常和堂兄弟一起玩這遊戲。小小的饅頭對正值發育期的孩子來說，一口氣吃下五、六個絕不是問題。那時的武藤並不排斥這款和菓子的樸實甜味。

5 上用饅頭：麵皮有紅白兩色等，裡頭包餡，用於祝祭的一種和菓子。

沒想到，某個夏日，竟然讓武藤對饅頭完全改觀。

那年暑假，武藤看到從堂兄弟家拿來的上吉饅頭，頓時眼睛發亮。

上吉饅頭一直都是用和紙包裝，那年開始竟然改成塑膠袋包裝，而且內餡種類多了一倍，有卡士達醬、草莓果醬、巧克力奶油等叫人不敢恭維的饅頭內餡，甚至還有明太子內餡，著實成了適合大人當下酒菜的饅頭。

堂兄弟告訴武藤，這是去年冬天開始販售的新商品。製作饅頭的是一家叫「上吉點心屋」的店，稍早之前在鄰鎮蓋了新工廠，工廠於去年開始運作，這款新饅頭就是出自新工廠。

原本默默無名的甜點只要一被報導，某天就會突然變成搶手貨，上吉饅頭兩年前曾上過雜誌。那時正值甜點風潮。原本這股風潮的主流是西點，和菓子並未受到太大的注目，但拜雜誌記者之賜，報導了各地知名的和菓子特輯，上吉饅頭就是其中之一，還介紹了自古相傳的遊戲方法。

一時之間，上吉饅頭蔚為話題，許多人紛紛打電話到「上吉點心屋」詢問要上哪裡才買得到、能不能網購等。

「上吉點心屋」的社長對於網購之類的事一竅不通，只好全權交由年輕員工負責，開始經營限量的網購銷售機制，想說一個月賣個二十盒左右就行了。

沒想到限量銷售的方法，反而激發消費者的購買慾。「只有當地才買得到的點心」、「因為限量二十盒，馬上一搶而空」、「這東西可以當作抽籤來玩，最適合開趴時用來炒氣氛！」這些情報霎時炸開，大批訂單湧入「上吉點心屋」。

就是在這時，傳出「上吉點心屋」將在鄰鎮蓋新工廠。老闆買下了一間破產倒閉的食品加工廠，以電光火石的速度改裝成製作和菓子的工廠。

新商品成了熱銷商品。總店一向只做既有的商品，沒想到新商品在總店更熱銷，因為大批觀光客慕名前來購買，缺貨連連，搞得連本地人想買也買不到。

明明是地方上的傳統點心，當地人卻很難買得到。這不是很奇怪嗎？武藤有點不以為然。大型工廠製作的饅頭，雖然盒子顏色明亮許多，用塑膠袋個別包裝的風格也很時尚，但一想到再也感受不到包著饅頭的柔軟和紙觸感、和紙的味道，還有剝開用漿糊封住的包裝紙時那種興奮的心情，就覺得好可惜。

即便這樣，它還是上吉饅頭。武藤和堂兄弟們總是一起吃饅頭、喝麥茶、玩到太陽下山，直到要吃晚餐時才回家。

沒想到某天晚上發生了慘事：孩子們集體食物中毒。不只鬧肚子痛，還出現嘔吐、發高燒、脫水等症狀，武藤也不例外。因為中毒程度不輕，孩子們全被抬上救護車，緊急送往大醫院救治。沒想到醫院裡早就擠滿許多食物中毒的患者，而且以小朋友居多，當然也有大人。看來似乎發生了集體食物中毒事件，於是衛生單位趕緊展開調查。

後來，當局查出集體食物中毒的元凶，居然是上吉饅頭。新工廠看起來乾淨，出品的饅頭裡卻藏著可怕的病菌。引發食物中毒的是一種叫作「厭氧菌」的細菌，這種細菌在沒有空氣的地方也能繁殖，沙門桿菌便是最具代表性的一種。雖然饅頭是裝在密封的塑膠袋裡，而且應該是在相當乾淨的環境中，但對這種細菌來說，根本不構成任何阻礙，加上夏天的酷熱高溫也是促使細菌急速繁殖的原因之一。

武藤和堂兄弟們一起住院了好幾天，反覆上吐下瀉、腹痛，甚至還引發頭痛，飽受天旋地轉的痛苦。加上點滴針頭又粗，稍微動一下，點滴就會外漏，搞得手腕又紅又腫又痛。

只是吃了幾個饅頭，怎麼會搞成這樣？

武藤在床上翻滾，埋怨上吉饅頭。武藤的體格很健壯，胃腸卻比較貧弱，所以症狀比堂兄弟們來得嚴重，遲遲無法恢復正常，被迫在醫院裡多住了好幾天。住院生活徹底毀他的暑假，武藤只能吞淚忍耐。

根據衛生單位調查，新工廠的設備有許多不合標準之處。生產線為了消化大量訂單，疏於管理衛生，再加上使用卡士達醬、明太子這些以前沒用過的原料。碰到炎炎夏日，如何處理卡士達醬可是一門學問，根本沒有甜點製作經驗的社長小看了這一點。一味因應興起的甜點風潮，盡量選用高品質的卡士達醬，卻不曉得品質越好的東西，保存期限越短，所以才會出現這麼嚴重的疏失。

熬過痛苦不堪的住院期後，武藤總算出院了。剛康復的病體還很虛弱，眼看著暑假將近尾聲，卻還有一大堆作業等著他。

聽大人們說，上吉饅頭的新工廠關閉了，回到以往只有總店的樣子。雖然因為這場食物中毒風波，從此沒了蜂湧而至的訂單，但「上吉點心屋」本來就不是想賺大錢的公司，社長也很看得開。於是，總店又重新賣起和紙包裝的上吉饅頭。

地方人士也欣慰地表示：「這才是上吉的味道啊！」大夥兒支持暫時歇業的總店重新出發。

當然，也因為社長對這次的食物中毒事件再三表達了歉意，並負責每位受害者的醫療費用。這種態度為他贏回了人心。

畢竟對當地人來說，「上吉點心屋」就像老朋友一樣，也慶幸沒有人因為這次事件丟了性命，所以願意寬宏大量原諒他。

上吉饅頭極力從這次的不幸中站起來，消費者也彷彿忘了世上曾有上吉饅頭的存在一般，又開始瘋狂追逐其他新商品。

唯獨武藤無法釋懷。甜點帶來的幸福，瞬間被破壞殆盡的恐怖感——他想忘也忘不了。

之後，武藤再也不碰上吉饅頭。即使知道它沒問題，身體還是出於本能地抗拒。武藤就這樣對甜食開始產生排斥感。本來就沒那麼愛吃甜食的他，對其他甜點也沒什麼興趣。

轉眼間，武藤升上國中。武藤的母親笑著輕斥他：「你太神經質啦！」有一天，她將超市買來的泡芙放在點心盤上，對他說：「泡芙的話，總該敢吃吧？」、「你也很久沒吃了。吃吃看吧！」

母親買來的泡芙裡面塞滿奶油內餡，體積比一般甜點大上許多。面對已經很久沒碰的甜點，武藤還真不禁有點懷念，也意外發現難忘甜點滋味的自己有點不好意思，於是決定吃一點好了——沒想到這幸福的時光為時如此短暫。

那天晚上，武藤再次因為腸胃炎掛病號。

「又是甜點惹的禍！」雖說武藤再次被擊垮，但這次的肇因並非甜點，而是大啖泡芙的那天晚上，擺在餐桌上的生牡礪惹的禍。

住在廣島的親戚送來一些帶殼牡蠣。武藤的父親非常開心，覺得這麼新鮮的海產用炸的實在可惜，淋檸檬汁生食才是最好的吃法。

武藤也試著這麼吃，覺得自己已經是國中生了，吃點生牡蠣應該沒關係。事實上，新鮮生牡蠣入口即化的口感確實很美味。那帶點甜味、滑溜入喉的感覺尤其特別。只吃一顆實在不過癮，武藤就這樣忘情地連吃了三、四顆。

店裡販售的生食牡蠣，細菌和病毒檢驗十分嚴格，因此很少有人因為生食牡蠣而食物中毒。不過，在家裡吃可就不見得了。

怪的是，一起大啖牡蠣的武藤爸媽皆相安無事，只有武藤一個人中鏢。看來，武藤的胃腸天生比較虛弱，只要稍受刺激就容易出問題。

因為泡芙引起的胃痛，加上生吃牡蠣造成的食物中毒，讓躺在病床上不斷痛苦呻吟的武藤陷入空前危機。這次雖然不是甜食惹的禍，而是之前吃的東西與生牡蠣在胃中攪和的結果，才會讓他這麼難受，但武藤對甜食因此更加敬謝不敏。

「反正不吃甜食也不會死！」武藤徹底和甜食斷絕關係。如果每次吃都只會帶來痛苦，不如少碰為妙。

武藤連女孩子送的情人節巧克力也是碰都不碰，除了因為對送那個女生沒興趣之外，也因為他早就有心儀的對象。沒想到，武藤還沒跟對方表白，光是看到對方送自己的華麗巧克力，心裡有如怒濤般湧起的嫌惡感頓時戰勝了情意……可想而知，武藤後來和那個女孩子當然沒有下文。

現在回想起來，武藤也覺得自己太冷酷了。如果自己是喜歡甜食的人，看到那麼華麗的巧克力或許會很開心，搞不好全部吃掉後，會有什麼意外的發現也說不定？但事實是，他連那個巧克力是什麼內餡都不知道。它就這樣痴痴等著武藤眷顧，而他連一口都沒嘗。

撇開巧克力不談，如果武藤試著和對方交往，也許會發現她是個不錯的女孩。但武藤當時的心態還很幼稚，儘管他的運動細胞一流，體格也相當結實，內心卻像個小孩。

過了一陣子，有群男生聽說了「武藤不吃巧克力」，跟當時那個女孩的朋友們鬥起嘴來。雖然他們只是半嬉鬧地說起這件事，但武藤聽了很不是滋味，怒喝一聲「閉嘴！」結果讓半開玩笑的場面，成了吵得面紅耳赤的辯論台。

「為什麼只是因為討厭甜食，就要被別人痛批成這樣？」武藤不禁怒火中燒，再次發誓一輩子不碰甜食，不管別人怎麼哄勸也沒用。因為武藤只要一看到甜食，心裡浮現的只有悲慘經歷。

食物中毒、社會的詭譎、扭曲的人際關係等，跟甜點有關的每一件事，全都是剪不斷理還亂、沒辦法乾脆解決的事。

但他總覺得，從森澤夏織做的甜點中，可以找到答案。

武藤相信自己的感覺一定不會有錯。

第五話
恭也歸來

前陣子陰雨綿綿。也許是好不容易放晴的關係，「金翅雀」這幾天都是門庭若市。櫻花色馬卡龍與水果蛋糕捲非常熱銷。

從「路易巧克力工房」送來的新品巧克力加了櫻桃白蘭地的甘納許製作而成的。傍晚關店之際，夏織自掏腰包買了剩下的夾心巧克力，幸好新品還剩下一個。夏織將裝著巧克力的盒子拿到更衣室放時，先吃了一個新品。

加了櫻桃白蘭地的甘納許，內餡是杏仁醬。白蘭地的甜味與杏仁的香氣巧妙地融合在一起。

長峰主廚真的是巧克力魔術師，擅長在掌中不斷催生甜點的新世界。他創造出的極致美味，不但新鮮又有一種濃濃的懷舊感──

「到底要怎樣才能追上這個人的才華呢？」夏織再次對長峰敬畏不已。

夏織從更衣室回到廚房時，透過廚房窗戶瞥見推門進店的客人。那是一位看起來約莫三十來歲的高個子男性。明明已經掛上營業結束的牌子了啊──本來這麼想的夏織在瞧見對方的臉孔後，瞬間「啊！」地驚呼出聲。

對方似乎察覺到了夏織的反應，微笑地輕舉起手來打招呼。夏織立刻拋下手邊工作，衝向賣場。

市川恭也站在商品櫃前。他還是和初次見面一樣，穿著黑色外套搭配窄管褲。

恭也一派神態自若，彷彿他昨天還在「金翅雀」工作的樣子，輕鬆地對夏織說：

「唷！好久不見。」

「什麼時候回來的？」夏織拚命按耐住激動的情緒。「是來出差嗎？還是來找新食材？」

「不是，我辭掉了東京的工作，回到這裡來。」

夏織瞪大眼，詫異地問：「真的嗎？」

「我想，差不多該在關西開一家自己的店了。」

「等一下要去仲介那邊嗎？」

「地點已經決定了。再來就是張羅開店的事。」

「好厲害喔！」

恭也微笑地窺伺著商品櫃。「金翅雀的蛋糕看起來還是那麼美味啊！可以幫我把剩下的每一種各包一個嗎？」

夏織一臉懷念的樣子。「又要那樣誇張地吃蛋糕吃一整天嗎？」

「好久沒吃關西的甜點了。而且，這裡頭有森澤小姐做的甜點對吧？」

「對。」

「我很好奇妳的手藝進步到什麼程度囉！」

恭也向站在玻璃窗另一頭的漆谷主廚與其他工作人員打招呼。看到大家紛紛放下手邊工作來到賣場，恭也不太好意思地說：「打擾大家工作，真是不好意思。」、「我馬上就要走了」、「下次再找時間過來……」接著說他今天會直接回飯店，大啖買來的蛋糕。

恭也接過裝著蛋糕的盒子，向大家招呼：「我就不打擾大家工作了。」隨即離開，夏織送他到店外，順口提議：「找個時間大家一起吃頓飯吧！」

「好啊！不過，我有事想跟森澤小姐私下談，可以找一天碰面嗎？」

「好……」

「其實我今天專程來是想告訴妳，我要開店的事。」

「我幫得上忙嗎？」

「當然，森澤小姐已經是獨當一面的專業甜點師傅，我就是想和妳商量這件事。」

「我明白了。」

恭也從口袋掏出一張便條紙，遞給夏織，紙上寫著手機號碼。

「今天或明天，等妳有空的時候打個電話給我吧。我應該還會在這附近待上幾天，看森澤小姐方便囉！」

因為恭也說「想吃可口的豆腐料理」，所以夏織預約了位於三之宮濱的一家豆腐料理專賣店。

午餐是豆腐料理搭配雞胸肉、生麩田樂[6]的高雅料理，甜點則是玉露[7]冰淇淋。

約在三宮車站碰頭的夏織和恭也，並肩走在遊客如織的花之大道。

兩人走進店裡，恭也趁料理尚未上桌前，率先開口：

6 生麩田樂：一種醬烤料理，所以「生麩田樂」也可譯為「醬烤生麩」。
7 玉露：煎茶的頂級品種。

「開店需要招募工作人員，我希望找來的是有實力的幫手。森澤小姐有沒有認識想跳槽的專業甜點師傅呢？最好是那種年輕又有活力的人。」

「要找我談的就是這件事嗎？」

「是啊！」

夏織一想到自己還抱著一絲浪漫幻想就覺得羞愧。看來在恭也心中，自己永遠只是他的徒弟，不可能會有進一步的發展……

夏織突然閃過一個念頭，脫口而出：「我可以毛遂自薦嗎？」

「啊？」

「你離開『金翅雀』已經五年了，而我現在也負責研發新品，如果我辭掉現在的工作，去恭也先生的店呢？」

「原來如此……這確實也是一個方法。」

五年前，恭也曾經對夏織說：「妳有身為專業甜點師傅的路要走，妳必須朝著這條路勇往直前。」

但那時，夏織第一次在心裡違抗了恭也。她對於恭也的命令一向服從，也在他的指導下努力學習各種技術——唯獨這句話，她沒辦法接受。

但夏織當時沒有反駁他，只是選擇保留回應。

夏織覺得他們此刻在談的事就是那時的延續。五年前，自己還只是個實習生，什麼也不好說，但如今成了專業甜點師傅的自己，應該有資格提出。

恭也說：「可是……漆谷主廚應該捨不得讓妳走吧！雖然『金翅雀』依舊生意興隆，但要是中堅的甜點師傅離開，對店裡肯定很傷！」

聽到恭也這番話，夏織頓時為難了起來。「金翅雀」確實一路培育了自己，但她想換個環境試試看的念頭也很強。

她就像吉野先生那時離開「金翅雀」一樣，也渴望到外頭闖闖。夏織之所以沒有拒絕負責西富百貨公司的企畫，也是基於這種心情。

「總之，關於這件事，妳還是好好想想吧。而且，就算森澤小姐願意來幫忙，人手還是不足，所以希望妳能幫忙介紹人才。」

「當然沒問題……」

「對了，甜點嘉年華的新品是由森澤小姐負責的，對吧？」

「你怎麼知道？」

「我聽漆谷主廚說的，還說妳做了許多嘗試。」

「呃，今天找我來難道是——」

「嗯，也是為了這件事。想說我們聊聊後，也許能給森澤小姐帶來什麼靈感也說不定。」

夏織在心裡默默向漆谷主廚的體貼與恭也的爽快回應致謝。

「聽說是推出法式杏仁奶凍。這是森澤小姐決定的嗎？」

「不是，是西富的活動負責人希望我們推出這款甜點。」

「原來是這樣。因為一般甜點嘉年華活動不會想推出這麼簡樸的甜點，看來那位活動負責人應該非常了解甜點吧。難不成他想鎖定的消費者，是那種終極的甜點控？」

「不是的，是以『讓不怎麼愛吃甜食的人也能接受』為訴求。」

夏織大致說明了一下。雖然對甜點嘉年華有興趣的都是喜歡甜點的人，但隨行的家人或朋友卻不一定喜歡甜食，所以希望推出一款讓任何人都能接受的甜點——

這是西富百貨公司活動負責人的想法。

「原來如此，所以才會選法式杏仁奶凍？」恭也語帶興奮地說：「妳有什麼想法了嗎？」

「有個雛形了。」

料理已經送來，兩人拿起筷子，開始享用盛在小缽裡的豆腐料理。

「法式杏仁奶凍和豆腐料理很像呢！」夏織發現。難不成恭也之所以指名要吃豆腐料理，是為了讓我從中得到什麼靈感嗎……夏織心想。

「豆腐是非常簡樸的素材，所以怎麼調味、怎麼添香，因為選擇的方式不同，做出來的料理也不一樣。當然形體也會不太一樣，像是冷豆腐、湯豆腐、豆漿、煎豆腐、冰淇淋……」

「是啊，的確有點像。」

「西富的活動負責人提出一個很重要的要求，他不希望改變法式杏仁奶凍的顏色。也就是說，必須在無損白色外型的前提下改變口味。」

「這麼一來，作法就受限了。」

「是的。我覺得加點利口酒[8]應該是增添味道與香氣的最好方法吧。改良法式杏仁奶凍的方法不外乎淋些醬汁、改變奶凍本身的口味這兩個方法，但我在挑選利口酒方面遇到了瓶頸。」

「目前日本市面上販售的利口酒大約有五百種吧。就算去掉味道像藥酒一般濃烈的口味，種類還是相當多。」

「有幾種是甜點常用的利口酒，但只用這幾種來做總覺得沒什麼新鮮感，所以我想了幾個方法……」

「什麼方法？」

「首先，排除只用一種商品決勝負的方法。也就是大概做三種，讓客人挑選自己喜歡的口味。」

「哪三種？」

「因為法式杏仁奶凍的材料是牛奶與鮮奶油，所以和它最搭的是咖啡、紅茶、巧克力。而且奶凍是冷藏後食用的甜點，所以和任何水果都很搭，像是一般人都能

8 利口酒：Liqueur，又譯「甜酒」、「香甜酒」。

接受的柑橘類、莓果類、桃子和杏等，都是不錯的選擇，當然也有人比較喜歡吃原味。」

「這三種都搭配水果嗎？」

「基本上是這樣。不過，只用常用的利口酒實在很無趣，所以我在想……混合利口酒的口味好像也不錯。」

「混合？」

「好比水果口味的利口酒是從好幾種水果萃取出來的吧，比如黑醋栗、蔓越莓之類。所以如果是混合幾種口味的利口酒，也許能創出新口味。就像巧克力師傅製作夾心巧克力時，不是會混搭不同種類的巧克力嗎？所以我想利口酒應該也能這麼做才對，先選一種利口酒當底，再加一點其他口味的利口酒調味，希望不會做出讓人排斥的味道，問題是……」

「出了什麼問題嗎？」

「我根本不知從何著手啊！因為利口酒的種類實在太多了……完全不曉得要從哪一種著手比較好，也不知道怎麼拿捏比例，眼看著離試吃的日子越來越近——」

「原來是這樣！」

兩人邊吃邊聊，裝在小缽裡的菜也一點一點地消失。

玉露冰淇淋混合了奶油的香甜與茶的苦澀，是一道非常美味的甜點。

恭也滿足地吃著冰淇淋。「我知道有個方法能夠解決利口酒調配的問題，而且一下子就能知道什麼是從以前到現在一直都很受歡迎的配方。」

「哪有這麼好用的東西？」

「參考雞尾酒的配方啊！」

夏織「啊」地驚呼一聲。「對喔！也許雞尾酒的配方中，有能應用於甜點的調配方式……」

「森澤小姐常喝雞尾酒嗎？」

「不常。我只想到怎麼把利口酒運用於甜點的製作，完全沒想過酒本身的喝法。」

「既然這麼，要不要去能喝到美味雞尾酒的酒吧試試看？妳喜歡喝酒嗎？能喝嗎？」

「我能喝，沒問題。」

「真的嗎？有點意外。」

「其實不久之前，我開始對使用洋酒做的甜點感興趣。」

「哦？」

「『金翅雀』的甜點是以大家都愛吃的原則，所以幾乎不太用洋酒，因為希望能讓小朋友也能安心享用。但自從吃了『路易巧克力工房』的巧克力之後，我的想法有了改變。」

「是喔？」

「長峰主廚不是擅長製作加了洋酒的夾心巧克力嗎？雖然在決定『路易巧克力工房』主廚的試吃會上吃過他做的巧克力，但那時還沒有什麼多大的感觸……只是不知為什麼，就是有種被吸引的感覺……所以，從『路易巧克力工房』開始營業後，我就常買來吃，結果——」

「越來越了解它到底好吃在哪裡！」

「也許是舌頭的感覺變了吧。我想做一些像是用酒做的果凍或醬汁，還有使用大量白蘭地做的水果蛋糕等，也會在家裡練習。」

「有意思！」恭也開心地瞇起眼。「個性認真的森澤小姐居然會喜歡酒，有意思！」

「稱不上喜歡啦……還是沒辦法像男人那樣大口大口地喝。」

「酒可不是拿來牛飲的東西，是吧？我來問問哪裡有親切的酒保可以請教。」

恭也說要打個電話，隨即離席，只見他經過收銀台前走出店外。

過了一會兒，恭也告訴夏織：

「我問了長峰主廚，他告訴我一家很不錯的店，聽說那家店的利口酒種類還不少的樣子。因為女客人滿多的，所以店裡有很多用於甜點、口感香甜的利口酒。我們晚上過去看看吧！」

傍晚前，夏織和恭也一起消磨時光。兩人四處考察百貨公司的甜點櫃，走進巧克力專賣店瞧瞧，和他們覺得蛋糕做得很不錯的新手甜點師傅一起喝茶聊天。

傍晚時分，兩人前往長峰主廚介紹的雞尾酒吧。

雞尾酒吧「花開」位於從 JR 三之宮車站往北步行約十分鐘的地方。店裡有十一席吧台座位，還有三張四人座桌席。兩位女酒保，一位看起來約莫三十出頭，另一位約莫二十來歲。

店裡幾乎都是女客，適合女性朋友一起來這裡放鬆一下，小酌幾杯的氣氛。店內裝飾著乾燥花與小鮮花，兼具沉穩風格與華麗感。

站在吧台內的店員一聽到恭也說是長峰先生介紹來的，馬上露出爽朗笑容。「長峰先生有交代，兩位是市川恭也先生與森澤夏織小姐吧？」

「是的。」

「請兩位坐吧台這邊。我叫木村皐月，想喝什麼儘管點。聽說今天除了來喝酒之外，也是為了研發甜點一事而來？」

「啊！長峰主廚連這都……」

「請別客氣，有任何問題都可以問我。我們受到長峰先生很多照顧呢！所以今天就當作是試喝會吧。想試喝什麼酒都可以，而且因為是試喝的關係，費用方面也會幫您斟酌的。」

夏織不好意思地道謝。「不好意思，提出這麼奇怪的請求……」

「別這麼說，一點都不會，能夠協助專業師傅研發新品是我們莫大的榮幸。如果能因此研發出美味的甜點，請務必在我們店裡販售哦！因為想提供客人享用，所以希望一次能訂購二十個。」

「提供五十個、一百個都不是問題。」

「哎呀！這怎麼好意思呢！」

木村皐月發出爽朗笑聲，回頭瞧著身後的櫃子。排列在櫃子上的酒瓶在店內燈光的照耀下，發出寶石般的光輝。「您想做的是哪一種甜點？」

「法式杏仁奶凍。」

「材料是牛奶與鮮奶油對吧？這樣的話，先試試這個如何？」

皐月從櫃子上拿了兩瓶酒，一瓶是漸層的藍色與深藍色上散布星星的設計，標籤正中央有著像是月亮的圓形圖案，上頭有手拿雞尾酒杯的女人翦影。另一瓶是黑色瓶身，用英文標示的品名下方繪著綠意盎然的風景畫。

皐月從冷凍庫拿出一盒香草冰淇淋，用小器具舀了少許放在盤中，然後打開藍色那一瓶，將利口酒淋在冰淇淋上，端到夏織他們面前。

淋在冰淇淋上的利口酒，呈現柔和的駝色。

皐月說：「如果用於法式杏仁奶凍，比起牛奶口味的雞尾酒，我想用這樣的方式食用會更美味。」

「謝謝，我就不客氣了。」

夏織用湯匙舀了一口沾滿利口酒的冰淇淋。

含進嘴裡的瞬間，一股彷彿能融化人心的甜味令人驚豔。這股與濃醇香草冰淇淋融合的味道，比起刺激的酒味，顯然冰淇淋的甜味與香味更勝一籌。酒的華麗口感成了最佳提味，讓平淡無奇的香草冰淇淋變成了「大人吃的冰淇淋」，還伴隨著令人懷念的焦糖甜味在口中擴散。過了一會兒，餅乾的味道才追上來。酒的刺激、焦糖的甜、餅乾的香，明明只用了一種利口酒，竟能品嘗到這麼多味道。

皐月將酒瓶放在吧台上。「這是一款綜合了餅乾、奶油、焦糖味道，口感偏甜的利口酒。一般都是加牛奶稀釋來喝，但像這樣淋在冰淇淋上也很美味。」

仔細瞧瞧瓶身，上頭有著看起來像是月亮的圓形餅乾圖案，是個十分符合味道的可愛標籤。

待感動又佩服的夏織吃完後，皐月拿起黑色那一瓶，淋在另一盤冰淇淋上。雖然顏色與餅乾和奶油口味的利口酒一樣，但夏織很好奇這一瓶會是什麼樣的味道。

「也請試試看這個。雖然顏色很像，但口感完全不同哦！」

皐月用玻璃杯倒了兩杯冰水，連同新的一盤端到兩人面前。

夏織用冰水消除口中的味道，拿起湯匙舀了一口新的冰淇淋與利口酒。含進嘴裡的瞬間，深沉的味道再次令她驚豔。若餅乾與奶油口味的利口酒是令人愉悅的簡單旋律，那這一款就是刻畫複雜心緒的和聲。

「感覺這個的味道比較爽快俐落呢！」夏織說。「雖然口感類似卡魯哇奶酒[9]，但沒那麼甜，很適合推薦給男性朋友。」

「這款叫『貝禮詩』（Bailey's），是以愛爾蘭威士忌為底，加入奶油、可可亞、香草和咖啡，調製出獨特的溫醇口感。雖然一般喝的時候也是加牛奶稀釋，但因為

9 卡魯哇奶酒：Kahlua and Milk，出產於墨西哥，充滿著咖啡和牛奶的香甜味，製作過成有加入可可豆提升香味。

甜度爽口，所以也會加冰塊喝。」

吧台上並排的兩只瓶子，除了標籤設計不同之外，特色也明顯不一樣。一種是充滿時尚活力的餅乾與奶油口味，另一種是予人沉穩印象的貝禮詩。

皐月繼續說：「這兩種都是奶油類的利口酒，和使用牛奶做的甜點最搭。因為顏色偏淡，所以就算混摻也不會改變素材的顏色。國外某知名冰淇淋廠牌還會用貝禮詩作素材，推出限時商品。」

恭也說：「我個人覺得貝禮詩和法式杏仁奶凍比較搭，至於餅乾和奶油口味的利口酒，則是比較適合帶點咬勁的甜點，因為餅乾的香味會讓人聯想到口感扎實的甜點。」

夏織聽到恭也這番話，心中的一扇門也因此開啟了。

就是這樣，原來如此。

不光在視覺上，甜點也會受吃過的食物所影響。人們會整合自己的記憶與現實中的味道，「美味」就從這種相輔相成的效果中而生。也就是說，協調過去與現在，才是「食物美味」的本質。

明明是口感滑潤的甜點，卻吃得到餅乾的味道，自然會讓人有種不可思議感。當然，這種不可思議感也是一個賣點，但恭也中意另一種素材的感覺也很合理。

「我也覺得貝禮詩和法式杏仁奶凍比較搭。」皐月一邊說，一邊收拾夏織和恭也面前的空盤。「應該大部分人都會這麼覺得吧。不過，用貝禮詩改變法式杏仁奶凍口味的作法一點都不稀奇，所以如果要用的話，還需要下一道工夫囉！比如加點咖啡增強香味，或是加些巧克力強化味道等，一旦抓住某種特色，就更能引出威士忌的味道。」

皐月又拿出一瓶利口酒，問夏織兩人：如果要搭配牛奶，試試咖啡和紅茶口味的利口酒如何？

她對咖啡口味的利口酒並不陌生，也收到過紅茶口味的利口酒。伯爵茶是製作甜點時常用的素材，但皐月拿出來的是大吉嶺的利口酒。

今天因為要試飲各種口味，所以分量會調製得稍微少一點——皐月這麼說之後，開始用柳橙汁和紅茶口味的利口酒調製雞尾酒。這是一款喝得到從冰果汁到紅茶香味、口感極富層次又爽口的雞尾酒。

「這個可以用來做果凍！」夏織直覺地認為。沒錯，不是用於法式杏仁奶凍，而是用於裝飾周邊用的果凍，要不要試試這個呢？不要直接放上柳橙片作裝飾，改採這樣的方式也不錯……

「這款是烏龍茶口味的利口酒。」皐月很開心似地拿出瓶身採和風設計，看起來很像日本酒的一瓶酒。「不過味道有點苦就是了。要不要喝喝看？」

「好啊！」

加點冰塊調製的烏龍茶口味利口酒，有一股像要洗淨口中甜味般的苦味，餘味頗清爽。雖然味道蠻有趣，但單獨使用稍嫌單薄……夏織這麼想時，皐月補充道：「這款酒要是加了水蜜桃與覆盆子的香氣，喝起來就會完全不一樣。」也有人搭配同樣是茶類的抹茶口味利口酒。夏織喝了一口皐月調製的酒，又有驚艷感。沒想到加了水果類的利口酒，口感竟變得這樣華麗；加了抹茶口味的利口酒則是去了點苦味，成了柔和的味道。

接著放上吧台的是夏織十分熟悉、瓶身透明的酒。

「這款是DITA荔枝利口酒[10]，如果要做柑橘類的法式杏仁奶凍，用這款就對了。」

「這是透明的酒，是吧？」

「是的。這款酒的優點在於，即使加入法式杏仁奶凍裡，也不會改變素材的顏色，還會保有濃濃的荔枝香……不過，光是這樣也很無趣，所以搭配葡萄柚之類的利口酒，感覺也不錯。使用DITA荔枝利口酒調製的雞尾酒配方多半是搭配水果，因為這款酒和柑橘類的水果都很搭，像是萊姆、柳橙、柚子等，跟這一類的利口酒最速配。」

因為牛奶加入果酸會形成分離作用，所以如果想添點華麗果香，用水果類的利口酒是最好的方法。除了常用於製作西點的幾款利口酒之外，其他還有哈密瓜、香蕉、芒果、西洋梨、百香果、芭樂、火龍果、奇異果、鳳梨、杏、李子等各種口味。

皐月不斷調製出夏織從沒喝過的雞尾酒配方，而且為了多試飲一些，所以量都

10 DITA荔枝利口酒：DITA Lychee liqueur，是法國的利口酒，以荔枝果香聞名，質地透明調合性高，在融合其他甜點時不易上色。

不多。

果然還是奶油類的利口酒和法式杏仁奶凍最搭，口感也最滑順、協調又自然。

不過，最叫人意外的是茶類的利口酒，這類利口酒與水果類的利口酒搭配，竟然呈現出非常有趣的味道。

柑橘類的利口酒則是最容易接受，最好用的口味，與任何甜點搭配都能做出清爽口感。但也因為味道過於單調，所以最好以ＤＩＴＡ荔枝利口酒為底，混搭兩種口味比較好。

恭也一直津津有味地看著夏織和皐月的互動，好一會兒才開口。「森澤小姐，差不多該停手了吧？」又說：「妳的臉都紅了！已經醉了吧？」

雖說每次試喝的量都不多，大概是連續試喝的關係，不知不覺中，夏織喝下的量，就算頭暈眼花也不奇怪。夏織聽到恭也的提醒，才發現自己喝的真不少。

恭也倒是一副「還能再喝幾杯，絕對沒問題」的模樣。

皐月又倒了杯冰水給夏織。「今天就試喝到這裡如何？要是還有什麼想問的事，歡迎再過來。」

「不行，我不能一直這樣接受您的好意……」
夏織喝完水，想下椅子向皐月道謝時，發現自己連站都站不穩，只好搖搖晃晃的回位子，要了一杯水。
也許是想等夏織稍微沒那麼醉時再離開吧。只見恭也和皐月開始聊起來，打發時間。「木村小姐和長峰主廚是因為工作才認識的嗎？」
「不是的，我們是因為長峰先生在找夾心巧克力要用的酒時，偶然認識的。那時我想開一間女孩子也能獨自進來輕鬆小酌的酒吧，所以想在菜單上放些美味的夾心巧克力和小點心，希望店裡提供的不單是酒，還能吃到一些輕食和甜點。可以說我們的想法一致吧……於是我告訴長峰先生能夠拿到好酒的管道，長峰先生則是提供或推薦美味的甜點給我們，就是這樣的關係囉！」
「所以都是直接向『路易巧克力工房』訂購甜點嗎？」
「不一定，我們會向各店家訂購甜點，像今天提供的是甜塔。」
「可以給我一個嘗嘗嗎？」
「當然沒問題，我推薦當季的草莓甜塔，內餡不是卡士達醬，而是帶了點甜味的奶油乳酪哦！」

夏織從旁插嘴。「我也要一個！」

「妳ＯＫ嗎？還吃得下？」

「長峰主廚推薦的一定好吃！」

皐月微笑著拿出兩個甜塔放到點心盤上。

使用色澤鮮艷的草莓製作的甜塔，酸味與甜味調和得別具新意，是一款喝了雞尾酒後再品嘗會更顯美味的甜點。

第六話

白色愛爾蘭

武藤一聽到新品完成了，飛也似地趕往「金翅雀」。

他的一顆心忐忑不安。

森澤夏織會做出什麼樣的法式杏仁奶凍？能跟「菲利絲碧安卡」製作的「冷調歐貝拉」互別苗頭嗎？不，夏織還不是主廚，她做的新品，再怎麼樣也不可能輕易勝過名店主廚的得意之作。

什麼是「冷調歐貝拉」沒有的特色？——只要找到這個就夠了。因為這不是什麼甜點大賽，而是如同活動名稱「甜點嘉年華」字面上的意思：這是一場「甜點的祭典」，首要目標是要讓參與活動的客人開心，同時提升業績，所以商品種類越多越好，而「金翅雀」有它獨一無二的優點。

森澤夏織能夠達成這個使命嗎？

和先前一樣，武藤與麗子一起被帶到會客室。

這次如果不ＯＫ的話，就會由漆谷主廚接手，所以其實最緊張的莫過於武藤。

森澤夏織倒是一派從容沉穩，只見她小心翼翼地將盛著法式杏仁奶凍的容器放在桌上。

一共有三種。

武藤仔細觀察排成一排的容器。

玻璃容器的單價約比耐熱塑膠器皿高出兩倍，雖然有成本考量的壓力，但玻璃容器獨特的光澤與高級感，真是叫人難以割捨。夏織似乎認為只有玻璃容器才能襯托法式杏仁奶凍的滑潤。

容器並非傳統的圓筒型，而是由底部逐漸往上外擴的圓形設計，頂邊還有各種綴飾。

夏織說：「我試著做了幾種，最後決定用這三種組合。」

武藤問：「不只造型，味道也不一樣，是吧？」

「是的，麻煩兩位確認。」

如同武藤要求的，三種法式杏仁奶凍都呈白色的外型。並排在一起看，雖然白的程度多少有些差異，但都在能夠接受的範圍。

夏織似乎想藉由不同的頂部裝飾，來區別內容物的不同。

最右邊的新品上頭綴飾著新鮮的柳橙片與橙皮，還放上別具畫龍點睛之效、猶如寶石般耀眼生輝的鮮紅色紅醋栗。裝著法式杏仁奶凍的容器底部，鋪著一層薄薄褐色，武藤覺得似乎是將另外做的咖啡或是巧克力口味法式杏仁奶凍倒進去的樣子，有一種額外附贈的感覺。

正中央的新品頂部裝飾有點不太一樣，雖然透明果凍丁、鮮紅色覆盆子、深藍色藍莓的組合一點都不稀奇，但上頭多加了一片餅乾。這樣做有什麼用意嗎？容器底部也有一層薄薄的駝色，除非親自品嘗，否則不曉得跟剛才看到的那個味道有何不同。

左邊的新品算是最傳統的法式杏仁奶凍，顏色也是最白的，是那種沒有混摻其他素材的牛奶與奶油色，而且連底部都是純白色。頂部則用粉紅葡萄柚、芒果、草莓做出華麗的裝飾，還淋了一點大概是黑醋栗口味的紅色醬汁，綠色薄荷葉成了配色的重點。

武藤與麗子拿起湯匙。

雖然對武藤來說，一次吃三款實在有點可怕，但這次他打算全部吃光，因為不想辜負夏織的努力。畢竟，是否能贏「冷調歐貝拉」，只有一一吃過才能判斷。

武藤先拿起最右邊的新品，鮮甜的柳橙搭配用砂糖醃漬的橙皮苦味，確實很特別。但當湯匙深入法式杏仁奶凍層，舀起一口入嘴的瞬間，武藤不由得歪著頭。

真是一言難盡，不可思議的味道。

印象中，法式杏仁奶凍的口感與牛奶布丁很像，這個卻不太一樣，絲毫不黏膩，餘味清爽，這味道究竟是……？

武藤又依序吃了第二款、第三款新品，但對第一款新品的違和感始終耿耿於懷。他偷瞄了一眼麗子，只見她一臉愉悅地吃著，露出比之前更滿足的表情。看來她覺得「這次的新品很不錯」。

試吃結束後，武藤與麗子向夏織道謝。夏織迫不及待地詢問感想。

「這個嘛……」武藤猶豫地回道：「以我個人的喜好來說，我覺得最容易入口的是最後試吃的那一款。」

上頭綴著粉紅葡萄柚的純白法式杏仁奶凍——沒什麼奇怪的味道，恰到好處的甜味與香氣，連武藤也能輕鬆接受。「就誰都能接受這一點來說，果然還是最推薦這個。雖然以甜點來說，比較沒什麼特色，但很容易入口。」

夏織一臉擔心地問：「其他的都不行嗎？」

「倒也不是，只是相較於現今甜點流行的華麗風，其他兩款的風格比較沉穩。正中間這一款雖然不是我喜歡的類型，但很有時尚感。它雖然也是紅茶口味，卻不像之前做的那種會把法式杏仁奶凍染成駝色，這一點很不可思議。請問是怎麼做出來的呢？」

「我是用紅茶口味的利口酒做的。只不過上次是用伯爵茶，這次用的是大吉嶺。這種紅茶的香氣比較容易接受。」

「利口酒是含酒精成分的酒？」

「酒精成分沒那麼重，因為加入之前會先溫熱，而且熬煮的時候，酒味也會跟著蒸發，只會留下溫醇的口感。」

「三種都是用利口酒做的嗎？」

「要想改變風味，保留法式杏仁奶凍的純白，用利口酒是最好的方法。」

麗子見武藤一臉複雜的神色，趕緊插嘴。「我覺得森澤小姐將這三款的特色區別得很好，我最先嘗的那一款是用貝禮詩做的法式杏仁奶凍吧？」

夏織總算露出鬆了一口氣的表情。「是的，您馬上就吃出來了嗎？」

「貝禮詩滿常運用在法式杏仁奶凍裡，但有趣的是，妳還特別下了點功夫呢！有一股肉桂香。是用稍微浸漬過肉桂棒的牛奶做而成的嗎？為了不損及奶凍的純白色。」

「是的。因為貝禮詩本身帶有顏色，如果用肉桂粉，恐怕會讓法式杏仁奶凍的顏色變濁。」

「貝禮詩和肉桂的味道非常搭，牛奶雞尾酒也常用這種組合呢！其他像是愛爾蘭威士忌、奶油、可可亞、香草、咖啡、還有法式杏仁奶凍常用來添香的杏仁等，都和肉桂非常搭，呈現最完美的調和。再來是底部鋪的那一層巧克力口味的法式杏仁奶凍——最後來個讓人留下強烈印象的神來之筆，我覺得這款甜點真的很不錯。」

「謝謝！」

「正中央的新品上頭為什麼放了一片餅乾？」

「因為做的是紅茶口味的法式杏仁奶凍，我想營造一種下午茶的氣氛，所以試著做出『紅茶搭配餅乾』這種感覺。而且，紅茶的味道分為兩階段，底部那一層用的不是利口酒，而是用真正的紅茶做的法式杏仁奶凍。」

「原來如此。讓法式杏仁奶凍吃起來有不同的口感，這點子很有趣呢！柳橙口味的果凍丁，吃起來也很爽口。」

再來是最左邊的新品——麗子繼續說，這是武藤最中意的一款，上頭裝飾著粉紅葡萄柚的法式杏仁奶凍。麗子說：「這款是以『水果法式杏仁奶凍』為訴求，讓任何人都能吃得順口的甜點吧？」

「是的，這款是忠於基本款的作品。為了強調水果這個訴求，法式杏仁奶凍本身加了荔枝與萊姆口味的利口酒調味，試圖以荔枝雞尾酒為概念做出來的。頂部綴飾許多水果，希望給人容易入口的感覺。」

「這三款新品都有名字嗎？」

「雖然品名都是法式杏仁奶凍，但會分別加上『威士忌&巧克力』、『紅茶』、『水果』等字眼。」

很有「金翅雀」風格，而且是一看就知道成分、還能想像味道的名字。

武藤歪著頭，思忖片刻後說：「威士忌&巧克力，這名字好像有點拗口，又不能直接用利口酒的名稱『貝禮詩』……」

「也對……」麗子插嘴道。「除了威士忌之外，還有巧克力，但巧克力不是主要賣點。」

麗子思索一會兒後，抬頭看向夏織說：「『白色愛爾蘭』這名字，如何？」

「很不錯呢！」夏織露出開心的神情。「感覺俐落許多。」

「如果是喜歡品酒的客人，光聽這名字就能聯想囉！如果客人進一步詢問，店員只要說明：『這款甜點是用以愛爾蘭威士忌為底的利口酒做成的』，我想不少客人一聽到『貝禮詩』就會想點這款甜點吧。至於不太清楚這方面的客人，稍微說明一下貝禮詩的特色就行了。或是在賣場擺一瓶貝禮詩也是一個方法。不，乾脆擺些貝禮詩口味的法式杏仁奶凍提供試吃，如何？」

「也是可以啦……不過，試吃時加些香草冰淇淋會更好，因為貝禮詩這麼吃更美味。」

「這主意不錯哦！故意不讓客人直接試吃法式杏仁奶凍，保留一點想像空間，猜想甜點本身會是什麼樣的味道……這點子很有趣，可以激起客人的好奇心。」

「那就用廣口瓶裝貝禮詩，這樣舀起來比較方便。」

位於西宮花園的「甜點宮殿」因為設有咖啡廳，所以使用的是大型冰箱，無論是貝禮詩還是試吃用的冰淇淋，都有足夠的空間可以存放。

「那就這麼決定了！」麗子語帶堅定地說：「這三款的名稱分別為『白色愛爾蘭』、『紅茶』、『水果』，因為同時推出三款，所以必須估算一下個別的出貨量……」

確認完各店家要推出的新品之後，只剩活動當天的搬運以及場地布置等事宜還需要洽商。

西富百貨公司蘆屋分店的會議室裡，鷹岡部長正在翻閱附上新品照片的活動報告書，只見他面帶微笑地抬頭看著武藤。「你做得很好呢，找來很多美味的甜點！這比在蘆屋分店辦的嘉年華活動還要精彩，很不錯哦！」

「謝謝部長的誇獎。」

「哎呀！老實說，沒想到你會做得這麼好，雖然緒方小姐也有幫忙。」

其實直到現在絕大部分還是仰賴麗子的判斷——武藤真的這麼想，不過自己也很努力就是了。但麗子敏銳的味覺與品味還真不是蓋的。

那天傍晚，武藤為了謝謝麗子的幫忙，主動邀約麗子一起吃飯。雖說是道謝，但因為還不知道企畫能否成功，所以只是去居酒屋飽餐而已。

兩人舉起啤酒乾杯後，麗子開始大啖看起來十分美味的馬鈴薯燉肉。不只是甜點，麗子對於擺在面前的食物，什麼都能吃得津津有味，看來她一定很喜歡享受美食的感覺吧。

麗子邊用筷子切開高麗菜捲，邊問武藤：「武藤先生真的覺得『金翅雀』的新品很好嗎？」

「為什麼現在才這麼問？」

「因為你還是一副不以為然的樣子。」

「也不能說不以為然啦……就是有點不明白。」

「不明白？」

「嗯，就是那款『白色愛爾蘭』。怎麼說呢？就是吃不慣那個味道。」

「還是覺得『冷調歐貝拉』比較美味嗎？」

「我覺得『冷調歐貝拉』真的很好吃，就連討厭甜食的我也會被迷倒，那種鮮明的特色令人驚嘆。」

「你對『白色愛爾蘭』沒有這樣的感覺？」

「也許我這樣說有點過分……但是，這款甜點讓我摸不著頭緒。我也不知道該怎麼說，緒方小姐沒這種感覺嗎？」

「我非常喜歡『白色愛爾蘭』呢！」

「喜歡它的什麼？」

「就是武藤先生說的那種感覺啊！」

「咦？那種摸不著頭緒的感覺，也是甜點的優點嗎？」

「我覺得『冷調歐貝拉』充分展現了主廚的個性，『白色愛爾蘭』則是全力回應客人的心情。」

「回應……」

「對於喜歡重口味的人來說，『冷調歐貝拉』應該比較討喜吧。但我覺得『白色愛爾蘭』毫不遜色，無論訴求、風格都比第一次試做的東西來得用心，這種努力的成果應該得到認同。」

「是這樣嗎……？」

滿懷期待夏織做的甜點，結果似乎不太符合自己的期望——這對武藤來說，無疑是個打擊。

看來我對於甜點，真的很缺乏品味吧。

明明麗子對這款甜點讚譽有加，我卻完全無法理解……真的是因為對甜點缺乏品味嗎？

麗子又說：「你對『紅茶』與『水果』這兩款的接受度就很高吧？」

「是啊！」

「那很好啊！不是嗎？」

「總覺得一件事沒搞懂，真的很不甘心。」

武藤想，要是能明白地說出「不喜歡」該有多好啊！就像馬卡龍猶如甜點炸彈，武藤發誓不再碰第二次。

但「白色愛爾蘭」又不是這樣。

武藤也明白這款甜點的味道很複雜。

因為貝禮詩這款利口酒的味道本身就很複雜，更何況是以威士忌為底，加上奶油、可可亞、香草和咖啡等調味，把牛奶的味道溫柔地鎖住，夏織還加了肉桂提味。容器底部的巧克力法式杏仁奶凍也是一大重點，確實是一款精心製作的商品。

麗子能夠品嘗到一切都很調和的成果，自己卻不行——這點令武藤懊惱不已。雖然說這就是無論什麼甜點都吃得很開心的人，和一味逃避甜食的人之間的差別，但還是教人洩氣又難以釋懷。

「要是不拘泥於白色的話，我應該也能嘗出個所以然吧。」武藤喃喃道。「如果不是用貝禮詩，而是一般巧克力法式杏仁奶凍，也許更討喜吧。」

「是啊！或許可可亞口味也很不錯，但給人的印象就沒那麼強烈了。」

「是喔……」

「如果能搞清楚哪一些不是自己喜歡的味道——我覺得也是件好事。」

「咦？」

「武藤先生，你得先弄清楚自己喜歡什麼，才能了解甜點……之前你不是對任何甜點都敬謝不敏嗎？現在卻能區別出差異，進步很多哦！」

「是嗎。」

「現在雖然大勢已定，但如果你還是很在意，要不要和森澤小姐談談？只要不改變主訴求，鷹岡部長應該不會說什麼的！畢竟到正式開賣之前，反覆微調是專業甜點師傅的良心。而對自己完全認同的甜點，哪怕只是多賣一個，我們也要盡力促銷出去，光悶著頭想是沒辦法解決問題的……就算不提變更的事，跟森澤小姐聊聊也許能消除你心中的疑惑。」

麗子這番話聽來不無道理。武藤決定再次約夏織碰面。但話是這麼說，如果不是為了抱怨新品如何，還真是找不到見面的藉口。

那就裝作偶然去店裡探訪，若無其事地邀約夏織吃頓便飯……武藤思忖著。

甜點師傅一整天都很忙碌，也很晚下班。又不可能約下午三點一起喝個下午茶，畢竟他們平常忙到連晚餐也沒空好好享用。

問題是，約休假日碰面又不太妥當。

武藤心想，還是約中午一起吃飯呢？中午十二點到下午兩點之間是「金翅雀」工作人員輪流吃午餐的時間，利用這段時間臨時去拜訪，然後視夏織當時的情況再想想要怎麼約。應該行得通吧？

武藤查了一下「金翅雀」附近有哪些餐廳，挑了一家合適的，隨即前往「金翅雀」。

武藤登上通往「金翅雀」的斜坡，望見店門的同時，瞧見夏織開門步出店外。她換上便服。看來剛好要外出用餐的樣子。

武藤加快腳步，正想出聲打招呼時，瞧見一位高個子的男人走向夏織。武藤反射性地停下腳步。

夏織察覺男子走近，表情霎時明亮起來，連離她還有段距離的武藤都能感受到從她身上散發的喜悅。

武藤宛如凍住般，楞楞地站著。

夏織和那名男子背對著武藤往斜坡上方走去。武藤想起，往前再走幾步有一家餐廳。

武藤並未跟上去，而是暗暗祈願夏織會忽然回頭，緊張地心想：「這樣不行啦！」、「再這樣下去她會走掉」、「如果她回頭看到我的話，我要露出什麼表情比較好……」

不久，夏織忽然想起什麼似的突然回頭，赫然發現武藤。

夏織似乎要向武藤打招呼的樣子，和隨行的男子一起下坡，朝武藤走來。

武藤見狀，幾乎快喊出聲。

唉呀，不用特意過來打招呼啦！

錯過時機離開的武藤，只能帶著僵硬的笑容，呆站原地。

夏織走到武藤面前，一臉認真地問：「是甜點嘉年華活動發生什麼突發狀況嗎？如果有什麼問題，我會馬上想辦法解決。」

「不，不是這樣的……我只是來這附近，想說順便去你們店裡看看……」

武藤瞥一眼夏織身旁的男子，她趕緊主動介紹。「這位是以前曾在『金翅雀』工作過的甜點師傅——市川恭也先生。他預定最近在關西開店。」

「初次見面，您好！」市川恭也露出爽朗的笑容，向武藤點頭打招呼。「森澤小姐跟我提過甜點嘉年華一事，我現在雖然不是『金翅雀』的員工，但也許哪天我們會有合作機會，到時還請您多多指教。」

武藤心想，這個人還真是穩重有禮貌。要不是和恭也沒那麼熟，武藤肯定會輕鬆地寒暄幾句，隨即遞出名片吧。

但實際情形是，武藤笨拙地點頭回禮，像初入職場的菜鳥般慌亂地探著口袋，好不容易才找到名片遞給恭也。

恭也也拿出名片遞向武藤。「您那邊今後如果有什麼活動企畫，還請多關照。只是我的店規模不大，還沒辦法配合什麼大案子就是了。」

「雖然規模不大，但市川先生的手藝可是一流的哦！」夏織的口氣帶著武藤從未聽過的愉悅感。但光是這樣，就能嗅到她對恭也這位專業甜點師傅抱著多大的敬意與好感——武藤深刻感受到。

「森澤小姐這麼說，肯定會是一家非常棒的店囉！」武藤努力釋出善意。「新店開張時，我一定去拜訪，也請多指教。」

「武藤先生也要準備用午餐嗎？」恭也問。「如果不嫌棄的話，要不要一起吃頓便飯？」

武藤猶豫了一下。我該婉拒嗎？還是應該藉著這機會，好好了解市川恭也這號人物？

結果是後者勝出。武藤想，自己要是就這樣獨自走開，只會讓內心更焦慮煩悶。

「謝謝，那我就不客氣了。」

恭也和夏織開心地點點頭，往斜坡上方走去。武藤望著兩人的背影，默默地跟在他們身後。

第七話
嘉年華前夜

這是一家義大利餐廳。一走進去，撲鼻而來的是伴隨著麵包香的番茄醬汁與薄荷葉香氣。

因為適逢午休時間，餐廳內滿是客人的交談聲與餐具碰撞聲。服務生快步穿梭其間，忙著點餐、端菜、帶位。

武藤一行被帶到四個人的位子。不一會兒，三分午餐便送上來。

夏織一邊吃著沙拉和義大利麵，一邊問武藤活動準備得如何，恭也則暢談著在「金翅雀」工作時的事。

武藤面帶微笑，隨聲附和，默默觀察恭也。

恭也始終一派沉穩大方，不會插嘴談些無關工作上的事，也不太提及自己開店的事。

武藤從進來用餐之前，就察覺到恭也對夏織是一個很特別的存在。也許是因為恭也落落大方的態度有別於一般甜點師傅，讓武藤不由得想起製作「冷調歐貝拉」的北蘭主廚。

以自己的工作為傲、充滿自信的人最耀眼，風采足以迷倒周遭的人，更何況是同行呢。所以，身為後輩的夏織對恭也抱持莫大的敬意也是理所當然的，甚至就算懷有其他情感也不足為奇。

不，等等。

武藤試圖拂去自己的胡亂臆測。就算她對他的敬意中帶著情意，但恭也對夏織又是怎麼想的呢？也許他有其他心儀的對象。長住東京的他很可能在東京已經有交往對象，而且以他的年紀來說，有過兩、三個女友也很正常。

如果是這樣，自己應該還有機會才對。

因為下午還要工作，夏織沒辦法外出太久。只見她迅速用完餐，便對武藤和恭也表示「不好意思，我先走一步。」跟著隨即起身。「武藤先生，您請慢用，市川先生也是。」

「謝謝。」恭也答道。「甜點嘉年華活動期間，我們再一起去西宮花園看看吧。」

「好啊！我也想吃吃其他店家的甜點，好期待喔！」

夏織在收據下方放了一張千元鈔後，微笑著先行離開。

待夏織離去後，恭也主動攀談。「森澤小姐表現得如何？因為我只認識還是實習生時的她，所以很期待這次由她製作的新品。」

「咦？」

「我在『金翅雀』時，剛好是森澤小姐進去的第一年，『金翅雀』會讓新人先協助一年賣場與咖啡廳的工作。」

「這也算是甜點師傅的工作嗎？」

「是的，很重要的修業。」

「那你和森澤小姐共事時，沒吃過她做的甜點嗎？」

「私底下切磋時吃過……她是很認真的人，早早就明白了『製作甜點的技術』與『製作讓客人滿意的甜點』這兩件事之間的差異。不過，這世界上最恐怖的事，莫過於知道卻無法做到吧。」

服務生端來濃縮咖啡。恭也加了點糖，用湯匙攪拌。「武藤先生覺得森澤小姐這次做的甜點如何？」

「我覺得不錯。」

「不錯？不是『很好吃』？」

「不好意思，其實我很怕吃甜食……」

其實這種事不說出來也沒關係，但武藤還是說了，因為想看看恭也的反應。對自己充滿自信的甜點師傅，一旦面對無法理解甜點之人，會顯露心中的不耐吧？這時的他會如何看待對方？是憐憫還是不屑？抑或是極力說服？由此可以看出恭也的本性。

恭也興致盎然地聽著武藤訴說自己無奈接下活動的緣由，以及到現在還是無法了解甜點的事。武藤則很好奇：恭也這傢伙在聽這種事情時，為什麼也能聽得津津有味呢？

恭也絲毫沒有同情武藤的樣子，也沒有嘲笑的感覺，只是沉穩地說：

「這次的任務對森澤小姐來說，是個絕佳的經驗。如果想繼續甜點師傅之路，遲早都要面對『製作甜點時，該怎樣考量客人的心情』一事，這絕對是重要的課題。而且第一次遇到的就是武藤先生，對她來說真是莫大的幸福。」

「是嗎？」

「對武藤先生來說，這次也是一個新的挑戰吧。我覺得這樣的搭配方式非常好，相輔相成的結果，一定能創造出好東西。」

「市川先生是森澤小姐的老師嗎？」

「老師？」

「聽你的口氣，感覺你把森澤小姐視為徒弟或學生……你們給人的感覺不像前輩和後進，也沒有平起平坐的感覺，在我看來，比較像師徒關係。」

「森澤小姐的老師應該是『金翅雀』的漆谷主廚吧。因為她是在漆谷主廚的底下做事。」

「這我知道，但我看市川先生和森澤小姐相處的感覺——」

「我可不打算當別人的老師……但年輕時常遇到這種事就是了。畢竟身為前輩還是要看起來有氣勢一點。」

「所以，你們只是單純的同事關係？」

「是的，至少我是這麼想。」

恭也絕對不會脫口說出「夏織對我來說，是個有魅力的女人」這種話，但這也讓武藤更狐疑了。

人類是會說謊的生物。

有時會故意對別人顯露截然不同的情感。

有誰敢斷言現在的恭也不是這樣呢？畢竟，人是不會和自己不感興趣的對象走在一起的，更何況是成熟男人。

武藤一邊品嘗留在舌頭上的咖啡苦味，一邊思忖。

夏織凝視著恭也時，雙眼是那麼的閃亮──武藤心想，我多希望那眼神是望向我。到底要怎麼做，才能讓她注意到我的存在？

夏織非常熱中自己的工作，所以最好的方法是藉由甜點拉近彼此的距離。但我不是恭也，不會做甜點，所以施展的空間有限。

「森澤小姐是非常棒的甜點師傅。」武藤表示。「我個人希望甜點嘉年華結束後，還能邀請她參與別的企畫。今年這活動如果辦得很成功，明年就還會舉行，也許還能成為例行性活動。因為『甜點宮殿』全年無休，除了當作活動場地之外，也很適合當作新品展售會場，所以我想藉這個機會讓森澤小姐嘗試更多新的挑戰。這次是因為配合我個人的要求來製作，如果除去這層束縛，她肯定更能一展長才。」

沒錯，如果只是以協助身為甜點師傅的夏織不斷成長為目的，武藤就沒必要非得滿意夏織做的甜點。這一點是恭也與武藤兩人最大的差別。

——因為同樣身為甜點師傅的市川恭也，應該無法接受不符合專業者應有的價值觀。但我不一樣，我是以商業價值來衡量事物，我知道怎麼做才能賣，怎麼把夏織捧成「明星級甜點師傅」、向世人大力推銷。只要訂出完善的企畫，有西富百貨公司這塊招牌在背後撐腰，就能全力宣傳。

武藤一想到自己的才華見諸於世的成就感，就不由自主地興奮起來。武藤覺得單憑這一點，自己就勝過恭也，能給夏織更強而有力的協助。

但這時，武藤內心的理智部分突然向他喊話。

——喂！真的是這樣嗎？你當真在想這種白日夢般的事嗎？森澤夏織是那種會因為你這麼做就開心的人嗎？那麼認真的她，會欣然接受這種事嗎？

武藤的腦海裡浮現夏織一臉困惑、垂著眼的模樣，跟武藤單方面的熱情有著天差地別。

——我只要做出能帶給客人幸福感的甜點就滿足了。所以，對於您的一片好意，我其實……

武藤彷彿聽到夏織那溫柔的聲音。一頭熱的武藤，內心好像漏氣的汽球般急速萎縮。

儘管這樣，武藤還是不想放棄。應該還有什麼辦法吧？對甜點一竅不通的我，應該還有其他方法充分表達自己對她的敬意與情意吧？

恭也靜靜地開口。「甜點師傅不是什麼偶像明星，讓世人認識自己做的甜點、曉得店的存在，遠比自己成名來得重要。身為專業甜點師傅，除此以外，別無其他奢求。說得極端點，甜點師傅還是默默無名比較好。不過，我也樂見想挑戰新事物的甜點師傅能有更多機會，用自己的雙手創作新的甜點，看著自己做的甜點受到歡迎——這對甜點師傅來說，絕對是最幸福的事。武藤先生如果能給森澤小姐這樣的機會，我舉雙手贊成，就算要我低頭拜託也可以。」

恭也並未要求武藤也給他機會，而是全力替森澤夏織爭取。他之所以能這樣做，可見對夏織是出於一片真心。

或許正因為兩人不是情侶關係，這種微妙的情感才能將兩人的心緊緊牽繫在一起。還是說，他們倆早已經察覺彼此的心意……？

兩人就這樣還算融洽地交談著。大致了解恭也的為人後，武藤主動說道：「我也該回去工作了。」

武藤從椅子上站起來時，恭也也起身。「我也是。」

兩人一起步出店外，在店門口再次道別後，才各自離去。

武藤來到阪急電鐵車站，搭乘特快車前往西宮北口。走出剪票口，穿過長長的聯絡橋，朝西宮花園走去。

橋下方就是馬路與阪急電鐵的軌道，來往車輛與電車的吵雜聲對現在的武藤來說，實在頗刺耳。往旁邊瞧，瞥見甲南大學那棟咖啡色建築，以及繪著櫻花花苞的薔薇色招牌。櫻花是西宮市的市花，也是西宮花園的商標。橋身往櫻花招牌的方向垂直地轉了個彎，朝前方延伸。

日照強烈，猶如夏天。一心只想趕快躲進室內的武藤，不由得加快腳步。

一踏進大樓內，汗水馬上被吸乾。從連接橋走進室內，映入眼簾的是用三隻鳥展現裝飾藝術風格的阪急百貨公司主要入口。

這家阪急百貨公司的賣場只有一到四樓，但一樓就設有專賣西點、和菓子的專區，雖然賣場空間不大，卻匯聚許多最新的甜點商品，成了樓層中最醒目的存在，也有很多知名的西點店在這裡開設分店。

武藤來到一樓，巡訪阪急百貨公司的甜點賣場。

畢竟，要是現在的產品，和甜點嘉年華要販售的新品過於相似，實在不太好。所以除了事先調查之外，也要留意活動期間突然推出的新品。

幸好沒被他發現類似的甜點。甜點這種東西呢，就算看起來很像，也會多少藏著獨門功夫，而這獨門功夫就是成為特色商品的要件。即便只是些微差異，也能清楚展現與別家店的不同。

甜點師傅在一個小小的甜點裡，到底塞進了多大的世界觀與功夫呢？只為了聽到客人說一句「好吃」、「好想再吃」，要經歷多少次苦戰惡鬥呢？看在身為銷售一方的武藤眼中，只能脫帽致敬。

武藤步出百貨公司之後，搭電梯上到四樓的餐廳美食街。因為大樓內部空間採挑高設計，因此搭電梯上樓途中，可以飽覽周遭一切。武藤瞥見服務台後方那一片色彩明亮的馬賽克壁畫，一如「西宮花園」這名稱，壁畫是以花草為主圖。室內四處栽植觀葉植物，一樓手扶梯四周還設有花壇，而且栽植的不是人造花，全是真正的花草樹木。

四樓的戶外露台區還設有天空花園，建於大樓頂樓的戶外休憩區裡百花爭妍，鋪著草皮的斜坡，還擺置了幾張桌椅。雖然廣場中央只排著幾顆石頭，其實那是噴水口的裝置，時間一到就會噴出霧氣和水，上演美麗的水舞音樂秀。

武藤來到了四樓，沒走向天空花園，而是走進一整排都是咖啡廳和輕食店的區域。

西宮花園的餐廳美食街，聚集著各式各樣的餐廳和咖啡廳。除了「甜點宮殿」之外，一共有三十九家。一到用餐時間，這層樓就非常熱鬧。西富百貨公司之所以選在這裡開設「甜點宮殿」，除了因為這裡有幾家甜點店進駐之外，也是看上這裡人潮聚集的關係。單就人潮比百貨公司地下美食街更有集客效果這一點來看，就有開店的價值。

武藤一到「甜點宮殿」，先向店長中井打招呼。兩人坐在咖啡廳最角落的位子，進行最後一次會商。

「看來必須更動一下商品櫃的位置。」武藤指著店內簡圖。「我想在這裡放個展售新品的商品櫃。」

「所以也必須搬動一下客席囉！」

「是的。因為外帶量會比平常增加許多，所以必須調整動線，以免打擾到店內用餐的客人。」

因為西宮花園全年無休，所以場地布置的作業必須在非營業時間進行。四樓的營業時間為早上十一點到晚上十一點，只要避開這個時間帶進行作業就行了。

中井店長與武藤敲妥時間，決定活動當天一早到場監工。

「甜點配送是早上和下午各一次。然後視現場情況，看是早上一次補足，還是必須再多進一些，所以配送時間還是分兩次比較好。」

人氣商品通常一送到，馬上便被搶購一空，因此配送時間一定要規畫好。畢竟甜點嘉年華一旦做出口碑，就會吸引更多客人上門，外帶量也會跟著增加。到時不只甜點，像是點心盒、包裝紙、保冷劑等都會來不及補貨，所以還是分兩次配送比較好。這些事雖然只要做過一次就能掌握大致流程，但還是要實際執行過才曉得行不行得通。

緒方麗子則是負責監控最受歡迎的三家店的商品銷售情況，因為商品一旦放上「最暢銷」的牌子，銷量就會直線上升。不過，咖啡廳與外帶的人氣商品似乎不太一樣，武藤預測「金翅雀」的法式杏仁奶凍應該在外帶部分比較吃香，所以開店後與傍晚時的出貨落差量也許會比其他甜點來得明顯，這部分尤需注意。

這次的甜點嘉年華是「甜點宮殿」開張以來的首度嘗試，感覺與武藤討論的中井有點緊張。原本任職百貨公司的中井是從蘆屋分店調派來這裡，離開原本的工作環境，單槍匹馬來這裡打拚的他，心情之複雜肯定難以言喻。中井努力克服一切，將「甜點宮殿」帶到今天這種規模，一定無法忍受突如其來的新企畫毀掉他耕耘的一切。武藤一想到中井的心情，就會不斷提醒自己只許成功、不許失敗。

結束在「甜點宮殿」的討論後，武藤返回西富百貨公司蘆屋分店。

在瀏覽參與甜點嘉年華的店家商品清單時，武藤忽然想起自己想和夏織聊聊「白色愛爾蘭」的事。

「慘了！我真是個大笨蛋。」武藤竟然忘了自己是為了什麼而去「金翅雀」！明明是為了消除心中對「白色愛爾蘭」那種煩悶不解的感覺，他才……

武藤瞧一眼時鐘。

西點店通常營業得比較晚，就算賣場與咖啡廳的營業時間結束，甜點師傅們為了準備明天要用的東西，還是得留下來待到很晚。所以現在打電話過去，夏織應該還在吧。

但要怎麼開口呢？

武藤並非覺得不夠美味，希望夏織重做，也不是討厭「白色愛爾蘭」的味道，只是覺得有點難以釋懷，想嘗嘗另一種更容易了解的味道，希望自己的味覺能變得更靈敏……

武藤腦中忽然閃過一個想法，讓他興奮地幾乎快喊出聲。

那就是「冷調歐貝拉」有，而「白色愛爾蘭」沒有的東西——

這想法在武藤心中化成清楚的印象。

沒錯。

就是這樣！

因為夏織還沒吃過「冷調歐貝拉」，北薗主廚也不曉得「白色愛爾蘭」這款甜點。所以只有麗子和自己曉得這兩款甜點的味道，所以會自然而然地把它們拿來比較，這種難以釋懷的心情肯定就是因此而生。

武藤拿起電話，打到「金翅雀」。

「不好意思，麻煩請森澤夏織小姐接電話。」。

對方立刻請夏織接電話。

「您好，承蒙照顧。」夏織就連接電話也是那麼有禮貌。

明明是自己打擾她工作，武藤不由得致歉，隨即開門見山地說：「我想和森澤小姐談談『白色愛爾蘭』這款甜點。」

「好的，有什麼問題嗎？」

「雖然我對甜點味道的好壞不是那麼了解，但起碼知道口感的差異，因為這種感覺和味道不一樣，是由舌頭判斷。」

「是……」

夏織似乎不曉得該如何回應，但武藤已經顧不了這麼多，繼續說：「是否可以稍微改變一下『白色愛爾蘭』的口感呢？不是要做多大的變更，只要稍微改變就行了。」

「咦？」

「我想起那時吃到妳做的雪花蛋霜……泡雪上頭灑了些甜甜的杏仁片，讓我印象十分深刻。」

『哦……就是那款撒上肉桂糖粉和杏仁碎片的雪花蛋霜啊！其實一般雪花蛋霜是淋上焦糖，但我怕武藤先生覺得太甜……』

「『白色愛爾蘭』也能這麼做嗎？」

「您是指撒在上頭嗎？」

「是的。因為法式杏仁奶凍很像用牛奶做的布丁，所以口感很綿密，不是嗎？雖然用了水果的酸味來提味，但水果也不是口感偏硬的素材，如果在頂部撒一些堅果之類的，瞬間就能產生不一樣的口感……」

「原來如此。因為貝禮詩是加了咖啡與可可亞調味的利口酒，所以和堅果類非常搭，像是杏仁、榛果、腰果等都可以用，還能增添香氣。如果稍微減少水果的量，再撒些東西上去，看起來也會更漂亮吧。不過，這次要是用肉桂粉，我怕味道太濃，不然試著用砂糖熬煮成的焦糖好了。」

「妳願意試試看嗎？我真的很想再嘗一次『白色愛爾蘭』。」

「沒問題，您何時方便過來試吃呢？」

「當然是越快越好囉！我可以配合森澤小姐的時間。」

「那我回家做好了。今天早點回去，明天一早帶去店裡，這樣武藤先生明天早上就能過來試吃了。」

「謝謝。明天一早開店，我就過去打擾。」

隔天一大早，武藤偕同麗子前往「金翅雀」。

兩人和上次一樣是在會客室試吃，武藤嘗了一口，忍不住想大叫：「就是這個感覺！」

麗子卻是一派冷靜，似乎早就猜想到「白色愛爾蘭」會變成這種口感。

面對這種新發現，武藤興奮不已。這種興奮感不是針對甜點，而是對他自己的改變。就是這個，就是這個不一樣！「冷調歐貝拉」與「白色愛爾蘭」的差異。口感刻意做得比較粗糙的「冷調歐貝拉」，和只追求滑潤口感的「白色愛爾蘭」，兩款甜點明明味道相近，他卻老是覺得「白色愛爾蘭」少了股氣勢，原來是因為口感不同的關係。

所以，只要保留滑潤的口感，再補足口感上的差異，就能改變「白色愛爾蘭」給人的印象，成為餘味深遠、溫潤的美味，一種連武藤也能認同的風味。

可是……這到底是怎麼做出來的？武藤還是猜不透。

夏織已經用名為「紅茶」的法式杏仁奶凍，實踐了「改變口感」這個訴求。上次試吃時，夏織說過只要在頂部加一片小餅乾便能改變口感，但當時自己只是楞楞地聽著，這次則是自己發現其中的差異、央求夏織再試作一次。人家雖然不是主廚，但好歹也是專業甜點師傅。啊，仔細想想，自己還真是厚臉皮。夏織二話不說就答應這種要求，可見她是多麼有風度的人……

這次一共試了三種堅果，最後他們選了使用榛果的那款。法式杏仁奶凍本身帶著杏仁香，所以用不同種類的堅果更有相輔相成的效果。而且撒的榛果量不多，不會扼殺杏仁的香味。

——原來只需要多花一點點工夫，便能改變甜點給人的印象……

武藤再次受到震撼，也驚訝自己心境上的變化。長這麼大，還是第一次覺得甜點「有趣」。這種感覺與「美味」有點不同，但都是近似「愉快」的感受。

夏織微笑地說：「幸好趕得及在出貨前做些改變，能讓武藤先生滿意，真是太好了。如果只是這種程度的更動，其實您不用客氣，可以早點跟我說……」

「真是抱歉。」武藤深深地行禮致歉。「因為我也不太確定自己的感受，我想原先那樣子一定也是非常好的甜點，但這次的試吃真的讓我體驗到不一樣的感覺——」

麗子也向夏織行禮致謝。「我也要說聲抱歉，給妳添了不少麻煩。」

夏織輕輕一揮手。「別這麼說，我畢竟不是主廚。所以對我來說，試吃者的意見非常重要。武藤先生看出試作品的優點，而且加點堅果的點子也很有趣，所以我認為，這次的試作很有價值！」

「謝謝。那麼，就決定用這一款。」

「好的，我也要再次謝謝兩位。」

武藤和麗子一起離開「金翅雀」。雖然武藤還是覺得對夏織有點不太好意思，但盤踞心中的疑惑頓時消失，心情舒暢到彷彿能看清世界各個角落。

清爽的五月風吹入他內心深處。

一定要讓這次的甜點嘉年華成功——武藤再次這麼激勵自己。

同時，他腦中也興起一股強烈的念頭。

今後也想和夏織繼續共事下去……這願望如果能夠實現，會是多麼美妙的事啊。

第八話
甜蜜的饗宴

「金翅雀」公休日當天下午，夏織獨自搭乘阪急電鐵，跟恭也在西宮北口車站的剪票口會合。

恭也依約在下午一點準時現身。

「商品銷售情形如何？」一碰面，恭也便這麼問。

「託你的福。」夏織答道。「每天配送到『甜點宮殿』的數量都賣光了，但也不可能進太多就是。」

「沒辦法增加數量嗎？」

「沒辦法。店裡也有工作要忙，只是暫時先做『甜點宮殿』那邊的商品，要是沒辦法顧及總店的商品也很傷腦筋。」

「老闆也不貪多吧！」

「現在的狀況就很好了。『路易巧克力工房』那邊也經營得很成功。」

兩人穿過連接車站與購物中心的空橋，前往位於四樓的餐廳美食區。

「甜點宮殿」果然擠滿了人，不論咖啡廳還是商品櫃前都是大排長龍的盛況。

看來這次甜點嘉年華辦得十分成功。

店內的擺設也有大幅更動，觀葉植物和一些擺飾品全被移走，增加一些用餐客席，還添了一座專門展售蛋糕的商品櫃。

商品櫃裡整齊排放著各式新品蛋糕，也有「金翅雀」的法式杏仁奶凍。

雖然研發法式杏仁奶凍的人是夏織，但實際製作者卻不是她。如同其他甜點也是採分工合作的方式，還要通過漆谷主廚和老闆的品質把關。

每一款甜點都會標註店家名稱，除非特殊情形，不然不會標明出自哪位甜點師傅之手，這就是甜點作為商品的存在方式。

「金翅雀」的蛋糕還保留著關西傳統法式甜點風味，任誰吃了都會喜歡的溫醇美味是其特色，絲毫沒有時下流行的那種搞怪感。而且「金翅雀」一向堅持不以洋酒作為甜點特色，所以就某種意味來說，夏織的新品算是打破傳統。雖說酒精成分已經揮發得差不多，但依舊保有利口酒特色的這款法式杏仁奶凍，算是「金翅雀」從未有過的嶄新創作。

關於這一點，漆谷主廚和老闆倒是抱持著開明的態度。「反正是新品，無所謂囉！」兩人欣然接受。況且這次提供的不只新品，還會搭配招牌甜點一起販售，所以應該沒問題。

與其說夏織被賦予「研發新品」的任務，不如說她想藉此修行，鞭策自己更上一層樓。為此她打從心裡感謝「金翅雀」給她機會。不過，一款甜點成功與否還是要看銷售結果，全部滯銷也是大有可能，但漆谷主廚和老闆仍大膽將這項任務交給她自由發揮，夏織打從心底致上最深的謝意。

「甜點宮殿」店內在不影響動線的情況下，還設了一處藝術造型蛋糕的展示區。靠牆擺著一張鋪著白色桌巾的長桌，上頭展示著裝在玻璃箱子裡的工藝點心。各種精緻的糖雕、巧克力雕花以及糖花，雖然尺寸不大，但精緻的手工讓客人驚豔萬分，熱烈談論著。

因為是甜點嘉年華，果然以女性客人居多，有帶著小孩的媽媽、中年婦女、歐巴桑、女學生、粉領上班族等。傍晚的人潮肯定更洶湧吧。

兩人約莫等了十分鐘左右才有位子。服務人員送來的菜單和平常不太一樣，上面除了介紹參與甜點嘉年華的各家新品，還附上了精美圖片。

「要點個五款來吃嗎？」恭也問。

「我想點個兩款就行了。等著進來咖啡廳用餐的客人很多，其他的就外帶吧。」

「也對！」

光是翻閱菜單就很想歡呼，映入眼簾的是一個個看起來美味無比的甜點。夏織最感興趣的是來自關西義大利甜點名店「菲利絲碧安卡」創作出的「冷調歐貝拉」。

義大利甜點一向給人樸實又成熟的印象，「菲利絲碧安卡」的北薗主廚除了遵循義大利甜點的傳統口味，也很擅長打造華麗的甜點造型。看來這款甜點應該如同「冷調歐貝拉」這名字，不光是巧克力口味的義式奶酪，肯定和法式歐貝拉很像，塞進嘴裡的瞬間，濃醇的巧克力香在口中擴散。

恭也和夏織一樣，也將這款甜點列為首選，然後挑了另一家店的新品：覆盆子搭配奶油乳酪蛋糕。夏織則是選了由大阪的「橄欖山」餐廳推出、裝飾著滿滿水果的水果塔。

恭也已經嘗過「金翅雀」推出的所有法式杏仁奶凍，因為甜點嘉年華開跑的第一天，他就外帶所有口味。夏織試著詢問感想，恭也只回道：「嗯，做得不錯，很好吃。」

當夏織問恭也有沒有什麼需要改進的地方，是不是哪裡怎麼做可以更好時，恭也答道：「妳已經過了要我回答這種事的階段了。」接著又說：「妳已經做出『屬於』自己的甜點，所以回答這問題的不該是我，而是客人。今後妳要傾聽的是客人的聲音……」

「冷調歐貝拉」是一款比想像中更棒的甜點。夏織無法忘懷入口時的衝擊感。莫非自己的新品創作方向有所偏誤？雖說是武藤的請託——但以做出眾人喜歡的口味為目標，還有努力的空間，不是嗎？至少讓人家吃了之後，不會有少了一點什麼樣的感覺——是否還需要再下一道工夫呢？

自己做的時候有這麼想嗎？

真的有竭盡全力去做嗎？

是不是還有什麼可以努力的地方？

恭也微笑。「這款『冷調歐貝拉』真的非常好吃！森澤小姐，妳覺得呢？」

「我有一種完全被打敗的感覺。」雖然夏織很想故作開朗地回答，嘴角卻僵硬得讓她連話都說不清楚。「現在的我沒辦法做出那樣的甜點……」

「畢竟出自主廚之手，當然不是泛泛之作。不過，森澤小姐能明瞭這一點，表示妳還有進步的空間，所以不必太沮喪囉！」

「真的嗎？」

「嗯。既然我決定在關西開店，『菲利絲碧安卡』就是競爭對手。不過，這和稱讚這款甜點是兩碼子事，因為要是不親自吃下肚就無法發現一款甜點最好的部分，也就失去冒著被打擊的痛苦而親嘗的價值了，不是嗎？」

「你說得對，那我就別想那麼多，盡情享受吧……」

「沒錯，這樣才對嘛。」

就在兩人吃完蛋糕、喝紅茶時，發現有張熟悉的面孔朝他們走來，原來是西富百貨公司的武藤。夏織馬上起身向武藤打招呼。「您好，承蒙您的照顧。」

「妳太客氣了。」武藤微笑答道。「難得忙裡偷閒來享受一下甜點，就別這麼拘束了。」

「嘉年華期間，您都要待在這裡幫忙嗎？」

「是的，這也是分內工作之一。本來打算聯絡森澤小姐，沒想到會在這裡遇到，真是太好了。不曉得可否借點時間聊聊呢？」

「關於工作方面的事嗎？」

「是的，但不是這次的活動，而是之後的事，不過——」武藤瞅了一眼恭也。

「要是現在不方便，改天再談也行。」

只見恭也逕自起身。「森澤小姐，既然碰巧遇到，你們就好好聊聊吧。我在天空花園那邊等妳，反正天氣很好，那邊又有噴水池可以欣賞，不會無聊囉！」

「不好意思，難得我們一起來……」

「真的沒關係啦！如果方便的話，我們再一起吃頓晚餐，如何？我也有事想跟妳說。」

恭也露出一抹微笑後，隨即離去。

夏織和武藤坐下來聊。

武藤再次向夏織道謝。「多虧森澤小姐，這次的活動才能這麼成功，吸引那麼多人來。無論內用還是外帶的業績都非常好，每一家店的商品也都很熱銷，當然『金翅雀』的商品也不例外。」

「謝謝。」

「真的，多虧你們做了那麼棒的甜點，我們只是負責宣傳和銷售而已。」

武藤環視一眼店內。「雖然我對甜點還是一知半解，但這次真的讓我深刻感受到甜食居然有那麼的魅力，明白大家為什麼這樣愉快地吃著甜點，究竟甜點有何吸引人之處。」

「我想甜點能讓人想起什麼難忘的回憶吧……」夏織說：「我也有那種幾乎快想不起來的遙遠回憶……所以喜歡甜點的人絕對不會厭倦甜點，因為一吃甜點，就會想起令人懷念的時光。」

「森澤小姐今後也會繼續從事現在的工作嗎？」

「是的，我是這麼打算。」

「既然如此，有件事希望妳務必考慮一下。」

「什麼事呢？」

「我們西富今後也會推動各種關於甜點的企畫案，和我一起負責這次企畫的緒方小姐堪稱是個甜點通——」

夏織點點頭，緒方小姐的確對甜點非常了解，但她不會一味要求別人配合，而是讓對方有發揮的空間，也許她比武藤更適合負責甜點方面的工作。

武藤繼續說：「今後也會企畫類似活動，請各家店共襄盛舉，到時還請森澤小姐務必幫忙。」

「謝謝您的抬愛，但我畢竟是受雇於『金翅雀』，況且這次本來應該由漆谷主廚負責，而且我們店裡有很多比我更有實力的前輩。」

「這我明白，但森澤小姐的實力也是有目共睹吧？我打算下次以截然不同的方式邀請森澤小姐參加，希望能品嘗到比這次更美味的甜點。」

「所以也會邀請其他店的甜點師傅囉？」

「雖然目前還沒有具體的企畫案，但可以確定的是，形式上一定比這次更自由。」

「自由？」

「這次因為我個人的喜好，好像讓森澤小姐的創作變得綁手綁腳的。」

「武藤先生，請別在意這種事。身為甜點師傅，只要有請託，就必須按照客人的要求達成使命，這絕對不是什麼厚臉皮或限制別人創作的事。」

「但要不是我出了課題，森澤小姐應該可以做出更棒的甜點，不是嗎？我一直耿耿於懷。」

「難道武藤先生不滿意我做的法式杏仁奶凍嗎？」

「不是的！真的做得很棒，也賣得很好，深受外帶客人喜愛，完全符合當初我鎖定的目標。」

「太好了。所以，客人真的很滿意囉？」

「是的，我想下次的企畫一定更能符合緒方的要求。她比我懂甜點，口味的喜好也很廣泛，肯定會要求森澤小姐研發出水準更高的商品吧！我覺得以森澤小姐的實力來說，絕對沒問題。」

夏織的視線落在桌上，點心盤已經收走，杯底還剩一點點紅茶。夏織瞧著杯子說道：「謝謝您告訴我這些事，但我大概不會一直待在『金翅雀』……」

「咦？」

「我打算跳槽。」

「是去規模更大的店嗎？」

「不是，規模不大，是個人店家。」

「哪一家？如果有名的話，那正好，我也比較容易說服上頭的人。」

「是新開張的店……我想去市川先生的店幫忙。」

「市川先生……是剛才和妳在一起的市川先生嗎？」

「是的。」

夏織抬頭的瞬間，瞥見武藤露出複雜的表情。她不明白武藤為什麼露出這樣的表情。他是覺得自己跳槽到恭也的店以後，就無法忽視恭也的意見、擅自答應接受他的請託嗎？還是說，這跟武藤提議的企畫案有什麼衝突嗎？

武藤沉默片刻才開口。「決定什麼時候過去？」

「還不確定，就算決定離開，也必須先告知主廚和老闆……況且就算市川先生願意雇用我，離他的店正式開張也還有一段時間，所以目前還沒有任何具體決定。只是，今後我如果想一直走這條路，去市川先生的店是個不錯的選擇。」

「市川先生做的甜點真的那麼好嗎？」

「真的很棒！我到現在還無法忘記第一次吃到他做的巧克力慕斯，那種滋味讓我感覺彷彿連心中的花朵也盛開了……那時我的經驗和創作力都還不足，所以看到市川先生做的甜點，真的受到很大的刺激。剛剛在這裡吃了『菲利絲碧安卡』的『冷調歐貝拉』，就某種意義上來說，我也覺得自己被打敗了……但這種感覺和初次吃到市川先生做的甜點那種驚愕感不太一樣。總之，現在的我還沒辦法做出那樣的甜點，所以實在無法回應武藤先生的期待。與其參加龐大的企畫案，不如待在自己最尊敬的主廚身邊，好好地修業……」

「妳有參加過什麼甜點比賽嗎？」

「雖然『金翅雀』對這方面的事很開明，但我從沒參加過。以前店裡有位吉野師傅經常參賽得獎，現在他開了一家名叫『電光』的法式甜點專賣店。」

「可惜我們這次沒有邀請他參加……緒方怎麼會漏了這家店呢？」

「可能是因為他的店開在美食大樓裡，很難讓上頭的老闆點頭答應吧……畢竟和你們算是同業。」

「原來如此。」

「吉野先生做的甜點既華麗又美味，有機會的話，一定介紹你們認識。」

「可以請教妳一件事嗎？」

「什麼事？」

「在非常有個人特色的主廚底下做事，不是會失去自己的特色嗎？」

「失去自己的特色？」

「森澤小姐一旦過去市川先生的店，那之前在『金翅雀』努力經營出來的個人特色不就會消失嗎？也就是說，市川先生會影響森澤小姐現在的特色。」

「已經學到的東西是不可能完全消失的。不過，多少會有些改變也說不一定。我想市川先生的店推出的商品，應該會跟『金翅雀』不太一樣吧。」

「既然如此，我不太贊成森澤小姐跳槽。我喜歡森澤小姐現在的甜點風格，要是沒了那種溫柔感，真的很可惜。」

「但我想力求精進，就必須承受像『冷調歐貝拉』這樣的打擊，明白自己其實還有努力的空間，技術方面也不夠成熟。」

「技術和特色是兩碼子事，就算甜點做得再怎麼好，要是沒了特色就什麼都不是了。」

「但我還沒有足以讓人誇讚的特色……」

「沒這回事。森澤小姐的甜點確實打動了我的心，打動了不喜歡甜點的我啊！這就是很大的特色了，不是嗎？」

夏織覺得話題怎麼好像朝著有點奇怪的方向進展？能讓武藤滿意這次的法式杏仁奶凍，她是真的很開心。畢竟，能讓平常根本不碰甜食的人大讚美味、輕鬆入口、還不斷道謝，對一個甜點師傅來說就是莫大的榮幸。

可，可是……

這不是我想做的事。

我想和恭也一起做蛋糕，一起經營一家店。

希望一直過著這樣的日子。

那是我長久以來憧憬的美夢，也是期望能夠實現的夢想。

該怎麼說明，才能讓武藤理解呢？

只見武藤一臉認真，身體往前傾。「森澤小姐，願意聽聽我的提議嗎？」

「請說……」

「我覺得森澤小姐是那種不在別人底下做事，也能做得很好的人。經營一家店確實很困難，況且以森澤小姐的年紀來說，現在獨立實在言之過早，絕對不會有什麼好結果。但現在有所謂的網購管道，就算沒有實體店面，也只要有廚房就行了。至於宣傳等事宜，可以找專人代為執行。好比『甜點宮殿』也有可能開始經營網購，只要西富的高層點頭，就能利用冷藏宅配便運送，無論蛋糕、巧克力、還是冰淇淋，什麼都能賣。」

「這不是我一個人能夠負荷的事。」

「當然不是要森澤小姐一個人單打獨鬥啊，我們可以組個針對網購的團隊，讓每位甜點師傅都拿出絕活，做出各種商品，然後以『甜點宮殿』為名販售。」

「真的很謝謝您的好意，但這不是件小事，我一時之間還沒辦法想這麼多……」

「沒關係，妳不用急著回覆。但只要森澤小姐有意願，我一定馬上朝這目標行動，當然也會試著跟其他甜點師傅打聲招呼。只要人手湊齊，也許就會呈現不一樣的計畫和層面吧。我想這種事需要集思廣益才能想得更周全。」

聽武藤那充滿熱情的口吻，他是真心想推動這個計畫，夏織心想。莫非武藤想推的不是甜點，而是建立所謂的美食網購機制？身為百貨業界的人，會這麼想也是理所當然。畢竟現在只要上網，什麼樣的食材都能買到。百貨業界又豈會袖手旁觀網購這塊大餅呢？況且現在不只女性，連男性也開始上網購物，百貨業確實遭受前所未有的衝擊，當然必須擬定對策。

「那麼……請給我一點時間考慮。」夏織回道。武藤的熱情，自己的心情，就算坦白自己的想法也可能會被扭曲吧？

「我明白了。」武藤爽快接受，似乎認為夏織的回答是出於謙虛。只要她肯聽我說，就算成功了。武藤的表情絲毫嗅不到失望與沮喪。他覺得只要順勢多加把勁，應該能說服夏織點頭。

兩人步出「甜點宮殿」，在店門口道別。

夏織朝天空花園走去，和恭也會合。天空花園是一處戶外廣場，和餐廳美食街共用出入口。穿過自動門，來到廣場的夏織，隨即被一陣蘊含綠草香的風包圍。

位於四樓的戶外廣場在陽光下閃閃發光，中央的圓形噴水池不是終日噴水，而是到了特定時刻才會啟動，而且沒有設計接水的水盤，而是讓水直接落在水池外側的加蓋水溝，然後流至下方的一種循環裝置。

廣場最裡面有一座屋頂用白色建材搭建而成的戶外表演舞台，但現在沒有安排任何表演。

廣場外側設有綠地和花壇，還擺置著休憩用的白色長椅。除此之外，還設有木製桌椅，撐起猶如蝴蝶展翅般的遮陽傘。

夏織搜尋恭也的身影，花壇前的長椅上都是帶小孩來玩的家長，恭也則是坐在撐起遮陽傘的座位區，桌上還擺著應該是從自動販賣機買來的飲料。

恭也發現夏織快步走來，微笑地指指販賣機。「想喝什麼？」

「不用了。我吃得很撐。」

夏織一坐下來便主動說：「西富的武藤先生找我談新工作的事。」

「喔，可見妳這次表現得很好。」

「他問我願不願意找人組成團隊，參與下次的企畫。」

「這不是很好嗎？」

「可是，他希望我以『金翅雀』的甜點師傅身分參與。」

恭也聽到夏織這番話，一臉詫異地問：「嗯？什麼意思？」

「他好像不太贊成我跳槽去你的店工作，說什麼換個環境會失去我的特色、這樣不太好之類。」

「是喔……看來武藤先生相當看重妳的才能呢！」

「他擔心我的甜點風格會隨著轉換工作環境而改變。畢竟我還不是主廚，的確很容易為了配合工作環境而改變自己的風格……」

「那妳怎麼回答？」

「我請他給我一點時間考慮，不過我其實已經決定了。」

廣場突然響起音樂，噴水秀開始。配合音樂盒般的樂聲，廣場中央噴起好幾道水柱。

水柱隨著樂聲舞動，不時做出高低、水量多寡等變化。

半裸的小朋友在水柱之間奔走，還有穿著衣服，看起來還在唸小學的小男孩跟在後頭追著，只見他小心避開水柱，敏捷地穿梭其間。

夏織就這樣凝望著開心玩水的小朋友有好一會兒。

這樣看著小朋友玩耍，真的好開心。他們開心地追逐、大笑、翻滾，那是大人絕對做不出來的事，也是自己再也無法回去的年代。那是一股能量，只要一直看著，不知道為什麼就能感受到內心湧起一股力量。

夏織繼續說：「甜點嘉年華結束後，我打算向漆谷主廚和老闆提辭呈，然後準備到市川先生的店幫忙。」

「要是我反對呢？」恭也說。「我之前也說過，森澤小姐現在已經能獨當一面了，所以要是妳離開，老闆他們會很傷腦筋吧。」

「就算沒辦法馬上辭職，也頂多再待一、兩年吧。期限到了，我就會辭職。我記得，吉野先生當年也是這樣辭職的。」

「既然西富的武藤先生提議買下妳的將來，這對甜點師傅來說，可是莫大的機會哦！」

「我明白，但我還是想和市川先生一起工作。」

「我那只是一家個人經營的小店。」

「如果是做自己喜歡的工作，不管遇到再痛苦的事也能忍耐。如果自己不喜歡，條件再怎麼優渥也……」

「慘了，這樣漆谷主廚豈不是永遠辭不了！」

什麼?! 夏織驚呼：「漆谷主廚想辭職？」

「雖然她沒有明說，但也到了差不多會思考這件事的時候了。到底要繼續留在『金翅雀』，還是跟老闆商量、讓自己全權經營管理這家店……畢竟老闆也上了年紀，那家店也該考慮今後如何發展了。」

「她找你商量過什麼嗎？」

「嗯。我一提到正在找地方開店，她就告訴我現在店裡面臨的情況……我是跟她說：『差不多也該請在東京打拚的彰一先生回來接管了吧。』」

「對啊！這也是個方法。」

「要是彰一先生回來的話，就可以兼任主廚和老闆囉！到時漆谷主廚就不用像現在這樣進退維谷，看是繼續留下來，還是去『路易巧克力工房』，甚至自己開店也可以。」

「或是漆谷主廚與彰一先生結婚？我想老闆應該會很開心吧。」

「不可能吧！要兩個風格迥異的主廚結了婚還一起工作？一定非常可怕！到時候就不是夫妻間回家吵吵架就能了事。」

「是喔……」

「所以妳還是再考慮一下『金翅雀』的現況比較好。當然這種事取決於森澤小姐，但妳畢竟受人家照顧很多，希望妳多少能顧慮這一點。」

「我明白了。我會連同這件事一併考慮的。」

世上沒有永恆不變的事，「金翅雀」當然也會不斷改變。

也許我正面臨人生中一個很大的關卡，夏織心想。

第九話
真心與手段

「妳想聽我的真心話吧？」恭也說。「老實說，我還是很猶豫要不要請妳來我的店幫忙。」

「為什麼？」

「我覺得我和森澤小姐保持敵對，比較能刺激彼此成長——至少我的主觀看法是這樣。」

就理論上來說，或許是這樣沒錯。

因為對夏織來說，再也沒有比恭也更難超越的高牆。雖然世上有很多厲害的甜點師傅，但真正能威脅到自己的，不是出現在電視上的明星級甜點師傅，而是身旁優秀的前輩。那總是令人望其項背的高度，更能激發自己努力向上的企圖心。

可是——

夏織沉默片刻後，主動開口。「我想到一個既能在市川先生的店幫忙，又不會抹殺自我特色的方法。」

「什麼方法？」

「我每天都會努力工作，但偶爾可以給我一點私人時間嗎？」

「什麼意思？」

「我想參加甜點比賽，藉此好好思考什麼是自己的特色。」

「參加比賽用的甜點和拿來賣的甜點，著眼點和方向性可是截然不同哦！」

「這我明白，但為了能邊工作，邊磨練自己的特色，我想參加比賽是最好的方法。」

甜點比賽不僅講求整體造型設計，對於味道的審查也很嚴格。因此，除了基本功必須扎實之外，還要有卓越的創造力。平凡之作根本不可能得獎。

「我會以打進前三名為目標努力的，絕對不會麻煩到市川先生，如何？」

「妳打算參加哪裡的比賽？」

「國內、國外、哪裡都行！市川先生要不要也一起參賽呢？」

「我？」

「這麼一來，我們就能公開地一較高下。」

恭也楞楞地看著夏織，終於掩不住詫異地問：「妳這是在向我下戰帖嗎？」

「是的。這樣就算去市川先生的店幫忙，也不會丟了自己的特色，不是嗎？」

「……好吧。我明白了。我正式聘請森澤小姐來我的店裡。」

「真的嗎？」

「嗯。」

恭也主動伸出手。夏織趕緊回握，擔心要是不趕快握住，恭也又就會像幻影一般消失。這一切會不會就像作夢一樣，只是一場謊言？夏織心中滿是不安。

但恭也的手是那麼堅定溫暖。那是一雙無數次出現在自己夢境中，現在卻再真實不過的手。

武藤在「甜點宮殿」店門口跟夏織道別後，搭手扶梯下到三樓，隨即又搭手扶梯上樓。

上到四樓時，他遲疑了一下，才往天空花園走去。

通往天空花園的門有兩道，武藤穿過第一道門後，隔著玻璃搜尋夏織的身影。

他看見夏織和市川恭也坐在撐起白色遮陽傘的位子上，兩人斜向對坐著，正在熱烈交談中。

廣場中央的噴水秀總算開始。小朋友們穿梭其間嬉鬧著，夏織和恭也邊眺望噴水秀，邊聊著，似乎完全沒察覺武藤站在玻璃門後。

我真的贏得了市川恭也嗎？——武藤再次膽怯。看兩人忘情聊天的模樣，根本是旁人無法介入的世界。莫非夏織已經做了決定，而他們正在確認什麼事嗎？剛才自己那番熱血沸騰的說詞，是否早就從夏織的心中消失得一乾二淨了？是否自己說過的事，絲毫沒有傳達到夏織的心裡呢？

一股寒意貫穿內心深處。武藤感覺心逐漸凍結。

就在這時，身後突然有人出聲。「武藤先生，你在這裡做什麼啊？」

武藤嚇一大跳。回頭一瞧，原來是緒方麗子。

「嚇我一跳！」武藤覺得雙腳頓時無力似的。「妳又為什麼會在這裡？」

「我是來了解一下活動情形……武藤先生幹嘛像隻烏龜一樣呆站在這裡啊？不出去嗎？」

「不、不用了！」

麗子隔著玻璃瞅了一眼廣場，一副瞭然於心似地點點頭，催促道：「進去吧！

我有點事要跟你說。」

「剛好，我也有事要找妳商量。」

兩人穿過玻璃門回到四樓，面對面地站在樓層導引圖前，武藤對麗子說：「妳先說吧！」

「鷹岡部長要我轉告你，因為這次的甜點嘉年華辦得很成功，所以希望你能盡快擬定新計畫，下一次應該是關於聖誕節的企畫吧。」

「冬天一到，也得促銷巧克力才行。」

「也許想為情人節暖身，做些什麼嘗試吧！」

「該不會要我繼續承接吧？」

「不用擔心，聽說下次會成立正式團隊的樣子，所以就算武藤先生和我列入口袋名單，也有權拒絕吧？我想，不管是毛遂自薦還是別人推薦，找來的人應該都是甜點通才對。」

「我是無所謂，但妳還是留下來比較好吧？」

「要看企畫內容囉！如果是那種找高級品牌、編製目錄販售的工作，我實在沒什麼興趣。我還是比較喜歡那種在總店或分店舉辦活動的企畫，畢竟靠自己的實力挖掘美味的甜點，可是難以言欲言喻的樂趣呢！」

「原來如此……」

「武藤先生想和我談什麼呢？」

武藤將在「甜點宮殿」的咖啡廳，向夏織提議的想法告訴麗子。武藤的想法是以「甜點宮殿」為名製作甜點，拓展網購這塊版圖，也就是邀請幾位優秀的甜點師傅組成團隊、研發商品，而且希望森澤夏織也能共襄盛舉。

麗子眼睛發亮地聽著武藤說明，末了才說了句：「我覺得這想法不錯，可以向部長提提看哦！」又說：「武藤先生想要親自執行這個企畫嗎？」

「既然是我提的案，當然要負起責任囉！但我現在對於甜點還是一知半解，所以需要緒方小姐這樣的甜點通協助我挑選商品。如果妳願意助我一臂之力，那就太好了。我負責處理一切雜務，挑選甜點師傅以及品評味道的事就麻煩妳。」

「聽起來很有趣呢！森澤小姐答應了嗎？」

「她說讓她考慮一下。」

「是喔。因為還要考慮一些事嗎？」

「森澤小姐打算離開『金翅雀』，跳槽到別家店。」

「咦？並沒有離開業界啊！有什麼問題嗎？」

「我喜歡森澤小姐做的甜點，但她要是跳槽到別家店，就必須配合那家店的風格，不是嗎？失去個人的甜點特色，真的很可惜。」

「只是換個工作環境會，有這麼大的改變嗎？」

「她想去的那家店，聽說風格完全不同，森澤小姐自己也說有可能會改變。」

「就算品質和風格有所改變，只要保持一定水準，還是一樣好吃啊！武藤先生，你會不會太杞人憂天了？」

「會嗎……」

「我明白了。不然這樣好了。我們現在回去『甜點宮殿』，請武藤先生坐在咖啡廳，點十個這次的新品，然後當著我的面全部吃光，這樣我就願意協助武藤先生推動這個企畫，也會幫忙說服森澤小姐。」

「真的嗎？」

「是的。」

色彩鮮豔的蛋糕開始在武藤的腦子裡轉啊轉的，那甜味與奶油香不只刺激舌頭，還重壓胃部。只要吃個蛋糕就能得到麗子的協助，這筆交易聽來似乎不錯。問題是，十個實在太多了。

武藤思忖一會兒後，苦笑地問：「不能只吃兩個嗎？」

「不行，」麗子斷然拒絕：「十個，絕不讓步。」

「太嚴格啦！」

「請好好想想，武藤先生對森澤小姐不就是提出同樣的要求嗎？不就是在勉強她答應根本做不到的事嗎？」

武藤蹙起眉頭。「我只是看重森澤小姐的才能，沒有半點強迫她的意思。」

「真的是這樣嗎？」

「是啊！」

「既然如此，為什麼躲在那裡偷看他們呢？」

「我只是碰巧經過而已。」

「是喔？那就好。」

麗子微笑。她那彷彿能看穿任何事情的眼神，與其說是責備武藤的心虛，不如說是想替他加油。

面對活像鬧彆扭的小孩、陷入沉默的武藤，麗子說道：「森澤小姐是個今後還會不斷成長的甜點師傅，所以必須得到來自第三者的協助與機會，但這一切還是要以她本人的意思為重……你知道，這世上不可能事事盡如人意。」

「這我當然明白。」

「就算森澤小姐不參與，武藤先生也會推動這個企畫吧？」

推動沒有夏織參與的企畫？武藤連想都沒想過。對他來說，至少是因為夏織才有這樣的發想。所以在沒有夏織的地方，在跟夏織毫不相干的地方，從事關於甜點的工作，有何意義可言？

「森澤小姐如果不參與，就沒有這個企畫。」武藤說。「至少在目前這個階段，這企畫是因為我的喜好而發想的。」

「太可惜了。」

「不然這個提案讓給妳好了。反正妳那麼喜歡甜點，肯定能做出比我更好的企畫案。我會努力推動其他工作……其實我一開始是這樣打算的。」

「你還是沒辦法喜歡甜點嗎？」

「是啊！心情上沒有任何連結的話，要我喜歡上甜點真的很難。」

「我明白了。我會試著和鷹岡部長談談你說的那個企畫，也許真的能做起來也說不定呢！」

為期一個月的甜點嘉年華期間，武藤到現場關切過好幾次。因為活動期間包含四個周日，所以其中一個周日特地請甜點師傅來演講，地點就在位於西宮花園五樓的文化中心。

邀請的嘉賓有在神戶製作德式甜點聞名的老舖主廚，以及「菲利絲碧安卡」的北薗主廚。武藤招呼兩位之後，和聽眾一起聽完演講。

德式甜點的主廚暢談自己如何堅守傳統，製作甜點的趣事；北薗主廚則是介紹義大利傳統甜點隨著時代如何演變，以及他個人的甘苦談與理想。

演講結束後，德式甜點主廚因為有急事先行離開。武藤看北薗主廚好像不急著離開的樣子，於是主動邀約他去附近的咖啡館坐坐，除了向他表達深深的謝意，也請他今後也鼎力相助。

在這次甜點嘉年華的銷售中，拔得頭籌的是「菲利絲碧安卡」的「冷調歐貝拉」。北薗主廚得知這個好消息後，立刻增加數量。他似乎事先就擬妥因應這種情況的對策，所以下午馬上送來追加的。這種專業的快狠準行事風格，讓人無可挑剔。

「如果我們推出新企畫，還能邀請您共襄盛舉嗎？」

聽到武藤這麼問，北薗主廚微笑答道。「當然、當然。我們店裡有很多想嘗試新事物的甜點師傅，也準備讓新人有大顯身手的機會，應該可以做出很多讓大家吃得開心的甜點囉！」

「北薗主廚嘗過其他店家的商品嗎？」

「嗯，吃過一輪了。」

「您覺得哪一款最好呢？」

「可以依我個人的喜好回答嗎？」

「當然，沒問題。我也會向其他人請益，以供日後參考。」

「我最喜歡的是剛才和我一起受邀演講的主廚做的甜點。」

「那款德式甜點嗎？」

「嗯，就是那款加了櫻桃與杏桃的德國乳酪蛋糕，蛋糕邊緣還像這樣撒了些杏仁片呢！結合起司的美味、水果的酸味、以及杏仁的香氣，造就出最美味的甜點。」

「原來如此……」

這道甜點對武藤來說，只是一款造型樸實的蛋糕。倒不是說它味道平淡無奇，只能說是沒什麼明顯特色的普通商品。就某種意義來說，跟「金翅雀」的法式杏仁奶凍屬於同類型商品。

但這款甜點卻穩居銷售排行榜前幾名，和法式杏仁奶凍旗鼓相當，所以他們公司才會邀請製作這款甜點的主廚親臨演講。北薗主廚和客人的味覺，再次讓武藤發現自己的不足。

自己還真是缺乏感性啊——武藤再次有此體悟。

雖然很努力，卻始終無法達到。

自己對甜點根本一知半解。
這天，武藤買了「金翅雀」所有口味的法式杏仁奶凍，然後每天吃一個。和最初品嘗時一樣，懷念的感覺滿溢武藤的心中。
北蘭主廚的「冷調歐貝拉」則是從麗子推薦吃過以後就沒再碰過，但依舊清楚記得那股衝擊，也就不想再碰了。
以商品來說，「冷調歐貝拉」的確極具魅力，但對我而言，就是一般的甜點。雖然「冷調歐貝拉」是讓打從心底喜歡甜食的人，一吃就會興奮到顫抖的味道，但沒辦法讓我體會到這樣的感覺。
北蘭主廚對甜點投注越深的情感，客人也會報以越熱情的回應——這就是心靈相通的幸福感嗎？只是透過一個甜點，人與人之間便能超越言語，溝通交流。這是任何能言善道之人所沒有的力量，甜點卻有。
對武藤來說，能夠讓他體驗到這種感覺的，只有夏織做的法式杏仁奶凍。滑潤地在口中融化，水果和利口酒的味道與香氣溫柔地包覆著享用者。雖然這款甜點的風格沒那麼猖狂，卻有著包容自己的慈愛。

好想永遠和這種氛圍一起度過，好想被這種氛圍包覆著——

武藤將湯匙擱在玻璃容器旁，然後嘆了一口氣，托著腮幫子。

難道我拿甜點當手段錯了嗎？不論夏織願不願意接受這個企畫，只要想見她，他還是可以見到她。想見她的時候，只要一如往常在那個車站下車，爬上那段斜坡，穿過「金翅雀」的店門就能看到她。不，就算她離職、跳槽到恭也的店，只要去店裡就能看到她，看到那穿著純白工作服、抱著大鋼鍋攪拌奶油和麵團的身影……

武藤的腦中也同時浮現恭也的身影。

武藤想要揮去他的身影，它卻始陰魂不散。

越在意夏織，恭也的身影就越明顯。兩人宛如從一開始就是一體的，是非常速配的一對。

即便這樣，武藤還是想爭取。他雖然不是甜點師傅，無法理解甜食的真正意義，但只要認真探尋，一定還是可以找到自己能夠進入的地方，一處能和夏織保持恰到好處距離的地方。

不是只有整天膩在一起，才是最親密的關係，正因為保持一點距離才能長長久久——不是有這樣的關係嗎？自己只要以此為目標不就得了嗎？

甜點嘉年華結束後，還要一一向參與活動的店家道謝。因為麗子拒絕同行，所以武藤決定獨自前往「金翅雀」拜訪。

然後，他要再問一次夏織是否願意參與新的甜點企畫。

對武藤來說，目前只能以這樣的形式表白他對夏織的愛意。

「甜點宮殿」的甜點嘉年華於月底成功落幕。新品的銷售成績非常好，咖啡廳的業績也比平常提升許多。

武藤還要處理後續展示品與資材等撤離的作業，接著確認咖啡廳的擺設回復原貌後，製作活動報告書提交給上頭。

下次的企畫取決於這次的成果。

武藤在等待上頭回應的這段期間，開始逐一拜訪參與活動的店家。

夏織許久沒到神戶港灣樂園逛逛了。

學生時代她常來這裡，但打從進入「金翅雀」後，因為工作太忙，根本很少逛街。

加上都是平日休假，想約朋友也不太可能。好不容易請到幾天假，又正值盂蘭盆會時期，到處都擠個半死，年初歲末來海邊又很冷，所以不太會來這裡吃飯、看電影或是逛街購物。

位於神戶港灣樂園一隅的莫賽克廣場，東側與南側面海。建築物的一樓到三樓都是餐飲店，二樓的店家尤其多。

夏織倚著欄杆，眺望海景。從矗立於北側的神戶港塔往東看，映入眼簾的是防波堤上正在興建的神戶東方酒店。夏織望著酒店，想起蒙布朗這款甜點。因為那猶如一座小山的外觀讓人聯想到蒙布朗。

前幾天還是陰雨綿綿，今天則是驟然放晴。飄浮青空的雲朵，像棉花糖般雪白，因為氣溫偏高，顯得海面拂來的風特別舒服。

迎著海風，沐浴在陽光下，感覺日積月累的疲勞逐漸消失中。夏織等了約莫十分鐘，恭也總算現身。

「對不起，我來遲了。」

「沒關係，市川先生也很忙囉！」

「整整擠了四十分鐘左右的電車呢！不好意思，遲到一個小時，妳等得很累了吧？」

「我也好久沒來這裡了，就順便逛逛、喝個東西，打發一下時間囉！」

兩人走進看得見海景的咖啡廳，並排落座後，點了飲料。

「這次的甜點嘉年華讓妳學到不少東西吧？」

「是啊！每一款甜點都很美味，真的學到很多。」

「在關西開店果然不是一件簡單的事，要是贏不了那些對手就別開店了。」

「市川先生的蛋糕絕對沒問題啦！一定能馬上建立口碑的。」

「要是這樣就好了。跟那時的甜點風潮相比，現在景氣真的蕭條很多。」

「昨天……我跟老闆、漆谷主廚提了離職的事。」夏織平靜地說。「因為甜點嘉年華圓滿結束了……我們談了很久，終於得到她們的諒解，只是附帶了幾個條件。」

「什麼條件？」

「因為突然離職會造成店裡困擾，所以她們希望我能待到市川先生的店正式開張為止。」

「也是啦！我能理解。」

「還有，她們希望我在市川先生的店開張之前，不要給予你任何協助。因為張羅開店的事是市川先生你的責任，不是我的工作，所以不能幫忙也不能過問……因為這段時期是身為店老闆最快樂的時候，所以她們要我讓你獨自享受這段時間。而且，要是我在這種時候插手，恐怕會影響日後的工作。」

「老闆果然是過來人啊！真是太感謝她了。」

「所以我還會留在『金翅雀』一段時間，至少再待個一年吧。不過，這段期間我會開始學習新的東西。」

「到時候就麻煩妳了，因為會有比妳資淺的新人進來。」

「沒問題，也請多指教。」

「西富的武藤先生那邊呢？」

「因為實在無法一次應付那麼多事情……所以我回絕了。」

「武藤先生一定覺得很可惜吧。」

「沒辦法。一旦超過自己的負荷，一定要清楚地告訴對方，然後婉拒，這是專業甜點師傅的責任，也是老闆與主廚教我的道理。」

「這樣的態度才對。」

「市川先生已經想好店名了嗎？」

「想好了。」

「是叫『ARGENT』嗎？」[11]

「不能用這個當店名，因為這裡已經有西點店叫這個名字了，所以我另外想了個店名，叫做『MUROISE』。」

「MUROISE？」

「一種樹莓的名字，因為是桑葚（mûre）和覆盆子（franboise）的交配種，所以叫 mûroise[12]。它結合了兩種水果的味道和香氣，用在甜點上可以激發出更棒的味道，

11 ARGENT：法文中「銀」的意思。夏織的這個問題，語出她與恭也相識的經過，參見同系列《沒有名字的蛋糕》。

12 mûroise：法文發音近「木華茲」，即洛甘莓（loganberry）。

是一種酸酸甜甜、味道非常棒的水果，也被用來做利口酒，而且是那種有著漂亮紅色的利口酒！」

夏織試著想像這種從未見過的水果。

MUROISE。

我也很想用一次這種水果。既然能做成紅色利口酒，它的果實一定是紅得像紅寶石那樣耀眼。

夏織也從店名看到了恭也孤注一擲的決心。

神戶是全日本甜點消費量最高的城市，也是關西一帶的甜點激戰區。甜點師傅前仆後繼地投身這一場西點、和菓子間從未停歇的搶客激戰中——如何像MUROISE一樣給人留下強烈的印象，大概也是這店名想傳達的吧。

夏織微笑著說：「這名字不錯呢！」

「謝謝。」

MUROISE。從今以後，這裡就是我的棲身之所，和其他工作人員一起努力、製作美味甜點的地方，也是再次和恭也一起工作的地方。

「還請你多多指教。」夏織鄭重地行禮。「包容我這個還稱不上資深的夥伴。」

「其實我到現在還是有點猶豫。」恭也喃喃說道。「森澤小姐來我這裡真的好嗎？對森澤小姐來說，這真的是最好的選擇嗎？」

「你就別在意這種事了。」夏織微笑道。「因為好不好應該由我決定。」

第十話

愛上甜點的條件

武藤一邊登上通往「金翅雀」的長長斜坡，一邊回想自己初次造訪的情景。

那時因為麗子感冒病倒，武藤只好獨自走訪各店家。每到一處就必須吃主廚的得意之作，結果搞到胃痛難受，暗暗在心裡決定婉拒最後一家端出的甜點，帶著鬱悶的心情走著。

他最後造訪的店家就是「金翅雀」，也在那裡認識了森澤夏織。

武藤到現在都還清楚記得自己說了句「我沒辦法吃這道甜點……」婉拒了那一分裝飾華麗的巧克力蛋糕。

仔細想想，也許那才是夏織真正想做的蛋糕，裝飾許多新鮮水果，讓女性客人開心的設計。味道一定也是迎合女性而做的。如果那時麗子一同出席，也許會讚不絕口。她在場的話，搞不好會脫口而出：「就照這風格創作新品吧。」

結果因為最初是和我接觸的關係，所以夏織改變了甜點的風格，還很認真地回應我的要求，創作出從來沒嘗試過的新品。當然，這是身為甜點師傅理應學習的課題，但用來參與「甜點宮殿」的甜點嘉年華，真的是最好的選擇嗎？

武藤到現在還很在意。所以，他希望夏織能參與新企畫的念頭也越來越強烈。

他想讓夏織做出能真正彰顯特色的甜點，就算他自己搞不清楚是好是壞，但夏織做的甜點一定能緊緊抓住喜歡甜食的客人的心——

武藤走進店裡，向賣場人員說明來意，隨即被招呼到會客室。不一會兒，市川老闆與漆谷主廚現身，武藤禮貌地寒暄，向兩位報告活動十分成功並表達謝意，同時也表明如果還有機會，希望「金翅確」能繼續鼎力相助。

老闆與漆谷主廚微笑傾聽，也謝謝武藤給他們機會，讓店裡的工作人員有了一次很好的學習經驗。

當武藤表明「方便和森澤小姐談一下嗎？」漆谷主廚答道。「她手邊工作告一段落後就會過來，麻煩您再等一下。」

老闆與漆谷主廚離開後，事務人員端著紅茶與點心盤走進來，隨即又離開，會客室裡只剩武藤一個人。

武藤看著盤子上從未見過的東西，心想這應該是甜點沒錯吧。稍微有點深度的白色器皿裡，有三顆暗紅紫色的果實浸泡在顏色相似的醬汁中，還有切薄的柳橙片，一樣也是浸在醬汁裡，看來應該是和醬汁一起熬煮的吧。

果實上頭還擠了少許鮮奶油，光看外表實在猜不出味道，或許沒有蛋糕、巧克力那麼甜，但如果是用砂糖熬煮的話，搞不好就像馬卡龍那樣甜膩也說不一定。如果是這樣的話，可真難入口啊……武藤有些畏怯。

話說回來，這說不定是夏織特地為我這個怕吃甜食的人做的，因為他沒看到店頭那邊有販售這款甜點，甜點嘉年華上也沒見過。或許它和先前吃過的雪花蛋霜一樣，是一款口味樸實的家庭風味甜點，應該不會太甜膩才是。

一旁擺著湯匙和叉子。武藤先拿起叉子。因為不想吃鮮奶油，所以將其撥至醬汁中，然後用叉子叉起紅紫色果實塞進嘴裡。

只咬了一口，醬汁瞬間從柔軟的果實裡溢出。吃得出來是花了不少時間，慢慢熬煮出來的口感，一股溫潤無比的味道讓武藤瞠目。

甜味控制得恰到好處。還有一股香醇的紅酒香。爽口的柳橙味瞬間在口中擴散，彷彿要追上這些味道似的。

看來是用水果口味的紅酒熬煮而成的樣子。

就像用紅酒燉煮鴨肉與牛肉般，加點甜味熬煮而成的吧。武藤放下叉子，拿起湯匙舀了一口醬汁，試著喝了一口。單獨品嘗時，更能感受到紅酒的香氣。但為了不蓋過甜點的風采，所以只加了點甜味較強的紅酒。

武藤想起「糖煮水果」（compote）這個字眼。負責甜點嘉年華這項工作時，他不知道是從哪裡學到的。料理界也有這字眼，在甜點界是「用糖熬煮水果」的意思，像是糖煮蘋果、糖煮西洋梨等。一般咖啡廳的菜單上也有直接以這字眼命名的品項。

這到底是什麼果實呢？

對甜點、水果都不是很了解的武藤，瞧著盤子裡的果實，疑惑地歪著頭。看起來比葡萄大，有點像梅干。因為肉質厚實，所以很有咬勁，而且酸味比甜味強烈。它沒有砂糖那麼甜膩，不會造成舌頭的負擔，還有一股自己平常吃東西時，從沒嘗過的獨特香氣。

武藤吃完甜點、啜飲著紅茶時，傳來敲門聲。

森澤夏織走進來，輕點了一下頭。「不好意思，讓您久等了。」

「不會，別這麼說。我才要謝謝妳百忙中抽空見面。」

夏織坐在武藤的對面。

武藤輕輕吸口氣，開門見山地說：「關於前幾天的提議，森澤小姐方便回覆我了嗎？」

「是的。」夏織直視著武藤。「我預定一年後離開這裡，已經取得漆谷主廚與老闆的諒解與同意。離職後，我會去市川恭也先生的店幫忙，我想那裡的工作肯定很忙碌，沒有餘力再顧及別的事，所以真的很抱歉，恕我沒辦法接受您的請託……」

「其實不用每天都忙我這邊的工作啦！」武藤試圖打斷夏織的話。「等我這邊提交企畫，決定好時間再執行就行了。就和協助『甜點宮殿』的甜點嘉年華那時一樣，難道也不行嗎？」

「我一旦過去市川先生的店，為了力求精進，決定定期參加甜點比賽。不只國內的比賽，也會考慮參加國外的比賽。」

武藤倒抽口氣反問：「呃……國外是指法國的甜點比賽之類嗎……」

「是的，像是法國的『世界盃甜點大賽』（La Coupe du Monde de la Pâtisserie）非常有名，美國則有WPTC。這兩個都是每兩年舉辦一次的世界甜點大賽，也是甜點業界的終極目標。當然不可能輕易參賽，所以必須先從國內大賽磨練起……」

「這樣很棒呢！但比賽只是技術方面的競賽吧？不一定是做讓客人吃得開心的甜點，這樣森澤小姐也能接受嗎？」

「其實是一樣的。」

「咦？」

「讓客人吃得開心和討好評審，其實是一樣的。甜點就是讓除了自己以外的人也能吃得開心，這是身為甜點師傅的職責。正因為希望每一位評審都能喜歡自己做的甜點，所以才要挑選最美味的甜點參賽，希望能夠獲獎。這樣反覆上演的劇碼也是甜點師傅與客人之間的對話，跟在店頭遇到的各種狀況是一樣的。」

武藤頓時詞窮。

夏織有著自己無法想像的價值觀，那是只有製作者才會有的想法，也就是甜點師傅的價值觀。而那是只懂銷售的自己，怎麼樣也無法達到的境界。

夏織說她會貫徹這種價值觀。在她的心中有著小小的勇氣。

夏織繼續說：

「然後，我會把比賽中鍛鍊的技巧應用在工作上，所以有時腦袋必須切換一下，想想應付比賽用的點子。藉由參賽這種訓練方式也能啟發工作上的靈感，所以不能輕易說製作比賽用的甜點是沒有意義的事。」

這樣的時間，真希望夏織妳能用在我的企畫上——武藤極力壓下就快蹦出口的話。

這句話不能說出來。

只有這句話，絕對不能說出來。

再怎麼說，這都是夏織自己的選擇。要是否定她的選擇，那跟把自己的意見強加給她有什麼兩樣？

初遇夏織時，我婉拒了那個巧克力蛋糕，後來又提出要求、箝制她的創作——自己不能再重蹈覆轍了。

武藤緊握著擱在膝上的雙手。「……森澤小姐如果選擇辭退，我想這位子會被別的甜點師傅取代吧。一旦團隊組成，不可能說換人就換人，畢竟，對擬定企畫的人來說，除了希望能鞏固甜點師傅這塊招牌，相信消費者也希望自己買到的永遠是出自同一位師傅的水準之作，所以，如果妳這次不參與，我想不會再有機會了。就算是這樣，妳也無所謂嗎？」

「是的，魚與熊掌不可兼得，這是兩條不同的路……雖然現在的我不知道哪一個才是最好的選擇，但我想，我的選擇應該是適合自己走的路吧。如果不是這樣，就失去現在做出選擇的意義了。」

「我明白了。」武藤平靜地回應。總覺得好像有什麼東西從頭穿過背脊，倏地落至腳邊——彷彿他倚靠的某樣東西瞬間滑落了，一種奇妙的漂浮感吞沒了他。

武藤覺得自己腦中一片空白。

好像出現了一大片的空洞。

武藤試圖拂去這些感覺，故作開朗地說：「既然妳已經做出決定，我也不能強人所難。希望森澤小姐能在新的環境繼續努力，我想妳無論去到哪裡都能成為優秀的甜點師傅。」

「謝謝。」

武藤的視線落在桌上的盤子，忽然想起什麼似的。「這道甜點……是什麼呢？好像有用到紅酒的樣子。」

「這道甜點是紅酒燉煮洋李乾。」

「洋李？是指蜜棗嗎？」

「是的。一般都是將新鮮的洋李曬乾後，做成洋李乾，所以也叫作蜜棗。這道甜點是用酒、砂糖、水和柳橙片等一起熬煮而成的，還加了一點香料提味……曬乾的洋李乾像這樣煮過後，會變得膨脹柔軟，非常美味。雖然非常簡單，但也算一道甜點囉！讓您想起那時吃到雪花蛋霜的感覺吧。」

「是啊！那時用的是白酒做的醬汁吧。」武藤內心滿是懷念之情。明明只是幾個月前的事，卻像是遙遠的回憶。

「因為第一次用的是白酒，所以我這次試著用紅酒，覺得風味差不多的甜點，您應該比較敢吃，也會吃得很開心才是。」

——只要她有這分心意就夠了……

武藤向夏織深深行禮致謝。

「承蒙照顧了。多虧森澤小姐讓我總算有點了解甜點。」

「那個……武藤先生。」

「什麼事？」

「甜點不是那種需要鼓起勇氣才能入口的東西，所以，想吃點甜食時，只要帶著輕鬆的心情吃就行了。千萬不要勉強自己。今後也請開心地享用甜點哦！」

武藤向夏織回以微笑。

夏織似乎知道武藤明白自己的意思，也回以一笑。

鼓起勇氣，接近甜點。武藤心想：自己再也沒有這種機會了吧。因為企畫案已經全權讓給麗子或西富的高層了。這樣也好，反正對自己來說，沒有夏織參與的甜點企畫一點意義也沒有。

武藤走出「金翅雀」，緩緩下坡。感覺每往前走一步，這一條從此再也不會走第二次的坡道就會從身後消失似的。

以甜點比賽為目標的夏織，不可能改變心意了。因為比賽對甜點師傅來說，是一場孤獨的戰鬥，不是玩玩而已，也不是小試身手，那是賭上自己全部的戰場，已經沒有武藤可以進入的餘地。

透過甜點牽起的羈絆究竟有多麼深，武藤非常清楚。就像自己任職百貨公司企畫部時，決定組個團隊時的感覺一樣——也就是說，單打獨鬥絕對成不了事，必須對夥伴有著莫大的信賴。夏織不可能忘了這種充實感，所以羈絆越深，他們也就越難分離吧。

自己只能當個旁觀者。

武藤沒辦法承受這種默默守護的痛苦，決定不再來這裡。

武藤獨自在街上漫步。

感覺一切的一切都失去了意義。

世界看起來和昨天不一樣。

要是能只想著明天又是新的一天該有多好，問題是，武藤不曉得自己在新的世界要做些什麼。

武藤一回到西富百貨公司蘆屋分店，就與麗子商談今後的事。

麗子支持夏織的選擇。「我們只能靜靜守護囉！」接著又說：「要是哪天傳出森澤小姐獲獎的消息，我們一起幫她慶祝吧！送個花給她之類的，這是最好的方法。」

結束一天的工作後，武藤獨自來到鬧區。感覺腦子還有些昏沉，就連步伐也有點踉蹌的武藤，忽然想去一家自己常去的餐廳。

那是他準備擬定甜點嘉年華的企畫時，為了說服麗子幫忙而邀請她去的餐廳。每次武藤想吃點什麼美味料理時，就會來這家餐廳。這是一間就算一個人去，服務人員也不會擺臭臉、總是體貼待客的地方——

因為武藤這段時間實在太忙了，從那次之後便沒再光顧過這家餐廳，剛好今天的他想轉換一下心情，畢竟這樣的日子實在不想一個人待在家裡悶頭吃飯。

餐廳的服務人員一如往常親切地招呼武藤。

武藤被帶到靠窗的位子。

因為是平日，所以店裡用餐的客人不多，安靜的氣氛多少撫慰了武藤受傷的心。

武藤翻開菜單，選了一客比平常點的套餐稍貴一點的晚餐套餐。

這種時候一定要好好飽餐一頓，振奮精神才行。

然後忘記這一切，明天開始繼續努力工作。

接下來要提什麼樣的企畫呢？北海道特產展售會、高級女性內衣展售會、高級珠寶展售會、全國車站便當祭——也許有比甜點嘉年華更高難度的任務在等著我也說不定，所以沒有理由一直垂頭喪氣下去。

武藤叫住一位男性服務人員，點了套餐和一杯酒。服務人員確認餐點內容後，詢問武藤是否需要甜點，還是因為今天只有他自己來，所以跟之前一樣，不用上甜點了。

武藤本來想回答「那就跟之前一樣，不用上了。」卻又突然想起什麼似地停頓了一下。

只見他思忖了片刻。「今天還是上甜點好了。」

「您確定嗎？」男性服務人員一臉擔心地問。「今天的甜點是由六款中任選兩款，搭配雪酪或冰淇淋，但每一款都很甜喔。因為我們的甜點分量雖小，味道卻相當濃郁……」

「哪一款比較爽口呢？」

「這個嘛，因為萊姆口味的雪酪搭配樹莓塔的組合屬於水果類甜點，所以口感十分清爽。」

「這樣好了。因為我不想吃蛋糕，也不想吃冰的東西，所以給我樹莓塔就行了。」

「好的，沒問題。」

男性服務人員露出無比親切的笑容，彷彿是對從來不碰甜點的客人居然開始對甜點感興趣一事而感到開心一樣。

武藤有點詫異，原來自己肯碰甜點這件事，能讓這家店的工作人員這樣歡喜，不禁對自己之前一直的行為感到有些後悔。雖然只要確實付錢，客人就有權拒絕品嘗部分料理，其實不是什麼可恥的事。即便如此，一想到自己來這裡用餐其實是為了拋開惱人的一切，就覺得內心深處有點刺痛。

享受完清澄味美的高湯、口感綿密的法國派，以及加了點香草的沙拉、溫熱的麵包、魚料理、肉料理之後，服務人員送上了甜點。

「為您送上樹莓塔。」男性服務人員一邊將盤子放在桌上，一邊說明。「我們用的是一種叫做 mûroise 的樹莓。」

「mûroise？」

「因為是桑葚和覆盆子的交配種，所以稱為 mûroise，是一種非常好吃的水果！」

武藤拿起叉子，切了一口用鮮艷的紅彩飾的樹莓塔，塞進嘴裡。

霎時一股甜甜酸酸的味道與香氣在口中擴散。

突然，一股懷念又哀傷的情緒衝擊著武藤的內心。

不可以哭——武藤這樣告訴自己。

森澤夏織不是說過嗎？要開心地享受甜點，所以不能在這裡掉淚……

武藤低著頭，不想讓別人瞧見他的表情，默默地吃著 mûroise 做的甜點。

武藤一邊吃，一邊思忖。

對了。還要再邀約緒方麗子來這家店才行。仔細想想，自己還沒謝謝她這陣子的幫忙！也要讓她嘗嘗比之前點的更好吃的料理。不這麼做的話，就無法回報她的恩情。

然後，當送上最後一道甜點時，這次我絕對不會再把自己那一分讓給麗子了。我要在瞪大雙眼、一臉詫異的麗子面前，享受自己這一分甜點。就算她求我分她一點，也絕不答應。

因為這也是主廚全心全意製作的一道料理，一道專門為我而打造的甜點饗宴。

愛上甜點的條件

作　　者　上田早夕里
譯　　者　楊明綺
封面插畫　中村佑介
封面設計　莊謹銘
特約編輯　歐凱寧
內頁排版　高巧怡
行銷企劃　林芳如
企劃統籌　駱漢琦
業務統籌　郭其彬、邱紹溢
責任編輯　林淑雅
副總編輯　何維民
總 編 輯　李亞南
發 行 人　蘇拾平
出　　版　漫遊者文化事業股份有限公司
地　　址　台北市松山區復興北路 331 號 4 樓
電　　話　（02）2715 2022
傳　　真　（02）2715 2021
讀者服務信箱　service@azothbooks.com
漫遊者部落格　http://blog.roodo.com/azothbooks
發行或營運統籌：大雁文化事業股份有限公司
地址：台北市 105 松山區復興北路 333 號 11 樓之 4
劃撥帳號　50022001
戶　　名　漫遊者文化事業股份有限公司
香港發行　大雁（香港）出版基地 · 里人文化
地　　址　香港荃灣橫龍街七十八號正好工業大廈 22 樓 A 室
電　　話　852-24192288，852-24191887
香港服務信箱　anyone@biznetvigator.com

初版一刷　2014 年 6 月
定　　價　台幣 220 元
I S B N　978-986-5956-97-4

國家圖書館出版品預行編目 (CIP) 資料

愛上甜點的條件 / 上田早夕里著 ; 楊明綺譯 .
-- 初版 . -- 臺北市 : 漫遊者文化出版 : 大雁文化發行 , 2014.06
224　面 ; 15×21　公分
譯自 : 菓子フェスの庭
ISBN 978-986-5956-97-4(平裝)
861.57　103009574